Martina Sahler & Heiko Wolz

Summer Girls

Summer Girls

Band 1: Matilda und die Sommersonneninsel

Band 2: Emmy und die perfekte Welle

Band 3: Merit und das Glück im Sommerwind

Martina Sahler & Heiko Wolz

Summer Girls

Merit und das Glück im Sommerwind

CARLSEN

Ausritt mit Folgen

„Der Strand gehört uns, mein Schöner!“ Mit leichtem Druck ihrer Oberschenkel zeigte Merit Bonny an, dass er in den Galopp fallen konnte. Ihr Pferd verstand sofort. Unter seinen Hufen flog trockener Sand auf, als er das Tempo beschleunigte und auf das Wasser zuhielt. Merit spürte die Brise an Wangen und Stirn, während sie sich den Bewegungen anpasste.

Sie hob den Kopf. Glitzerte das Meer im Schein der aufgehenden Sonne heute silbriger als sonst? War der Sommerhimmel noch blauer und klarer?

Gut möglich. Heute war so vieles anders. Vor allem das Kribbeln in ihrem Bauch war neu. Das Herzpochen, wenn sie an den vergangenen Abend dachte. An ihren ersten richtigen Kuss.

Ein Glücksgefühl durchströmte Merit, als ihr der Duft der

wilden Heckenrosen in die Nase stieg. So ähnlich roch ihr Lieblingsparfum, und jemand hatte ihr ins Ohr geflüstert, wie sehr es ihm gefiel.

Merit brauchte Bonny kaum zu führen. Er kannte die Wege auf der Insel und wusste, dass er nun ein gutes Stück durch das seichte Wasser galoppieren durfte. Der dumpfe Hufschlag ging in ein platschendes Geräusch über. Die Gischt spritzte weiß auf und durchnässte den Saum von Merits Hose.

Die Luft fühlte sich hier einige Grad kühler an als in den Dünen. Wunderbar – Merits Wangen brannten nämlich so heiß wie der Sand in der Mittagssonne. Aber war das nicht verständlich, wenn sie unentwegt an den Vorabend dachte?

Wie hatte sie jemals annehmen können, dass die Liebe ewig einen Bogen um sie machen würde? Wie dumm von ihr. Das Leben war so schön! Sie musste lächeln, als sie an die Party gestern dachte. Arm in Arm waren die *Summer Girls* zum Strand spaziert, an dem die Leute unter einem Pavillon tanzten und lachten. Lampions und Fackeln säumten den Weg.

Wie erwartet flog Emmy gleich ihrem Daniel in die Arme. Matilda griff sich Lasse und zog ihn auf die Tanzfläche. Josy stand bereits kurz nach ihrem Eintreffen im Mittelpunkt einer Traube von jugendlichen Feriengästen, die sich um die Aufmerksamkeit der Inselschönheit rissen.

Und sie, Merit, hielt sich wie immer abseits und tat, als machte ihr all das nichts aus und als wäre sie sowieso bloß hier, um die Muscheln im Sand zu ihren Füßen zu zählen.
Doch dann war alles anders gekommen.
Merits Herz hüpfte. Mit geschlossenen Augen lehnte sie sich nach vorn und drückte die Stirn in Bonnys weiche Mähne, um nicht vor Glück zu schreien. Die Erinnerungen an den Moment, in dem sich ihr Leben komplett verändert hatte, waren wie Kino im Kopf.
Wie er sie angeschaut, ihre Schulter berührt hatte! Sein Lächeln, bei dem in seinen Augen Sterne funkelten, die Stimme, die ihr einen Schauer über den Rücken jagte.
Merit schrak auf. Wo kamen die drei Strandsegler vor ihr auf einmal her? Das *Strandfeuer* hatte um diese Uhrzeit doch noch gar nicht geöffnet! In dem hypermodernen Glaskasten mit eigenem Zugang zum Meer konnten Touristen, die Action und Abenteuer suchten, Speedboote und Quads ausleihen. Oder eben eines dieser schmalen dreirädrigen Gefährte, die jetzt, nur vom Wind angetrieben, im Affenzahn direkt auf sie und Bonny zuschossen!
Merit spürte Bonnys Unruhe und gab besänftigende Laute von sich. Dumm nur, dass sie weder Bonny noch sich selbst damit beruhigen konnte.

Sollte sie in die Dünen ausweichen? Streng verboten! Außerhalb der gekennzeichneten Wege durfte niemand reiten. Aber das war ein Notfall, oder? Wenn die drei nicht zackig ihren Kurs änderten, würden sie viel zu knapp an ihr vorbeizischen – und vor allem an Bonny.

Über den Wind hinweg hörte sie, wie die Verrückten in den Seglern sich etwas zuriefen.

Merit kniff die Augen zusammen. Die Grober-Brüder, natürlich!

Ihren Eltern gehörte der Verleih. Leider hieß das nicht, dass sie mit den Torpedos umgehen konnten. Der zwölfjährige Leif im ersten Geschoss bremste und beschleunigte wie irre. Das Fahrzeug eierte und ruckelte. Seine älteren Brüder jagten hinter ihm her.

„Abdrehen, Leif!“, hörte Merit die dunkle Stimme des Ältesten. Lukas. Auch der fünfzehnjährige Lennart rief eine Warnung. Das leuchtend rot-blaue Segel des Flitzers flog dennoch näher und näher.

Mit einem schrillen Wiehern bäumte Bonny sich gegen die Gefahr auf und trat mit den Vorderhufen in die Luft.

Merit rutschte im Sattel nach hinten. Sie drückte sich nach vorn, kämpfte darum, das Gleichgewicht zu halten. Sie griff nach dem Sattelknauf, aber zu spät: Ihre Hände fassten ins

Leere, die Füße rutschten aus den Steigbügeln. Sie schrie auf, als sie stürzte, und flog in der nächsten Sekunde hart ins seichte Wasser und den darunterliegenden Sand. Ein stechender Schmerz schoss durch ihr rechtes Bein.

Merit trug ihren Reiterhelm, trotzdem riss sie schützend die Hände hoch. Bonny würde ihr niemals absichtlich Schaden zufügen, aber wenn ein Tier dieser Größe durchdrehte vor Angst, konnte es eine am Boden liegende Reiterin leicht treffen.

Vorsichtig lugte Merit zwischen ihren Unterarmen hindurch.

Bonny in Panik? Nö.

Er war um sie herumgetänzelt, hatte aber schnell verstanden, dass ihm keine wirkliche Gefahr drohte. Die Segler waren weitergezogen. Nun trottete Bonny zu den Dünen, wackelte mit dem Kopf und begann Kräuter und Gräser abzurupfen.

Merit seufzte erleichtert. Sollte Bonny sich doch ein Extrafrühstück gönnen. Besser, als wenn er im Galopp den Strand entlanggeprescht wäre. Er hätte in eins der gebuddelten Löcher treten und sich verletzen oder einen Spaziergänger umrennen können.

Bonny hob den Kopf, schnaubte und vergrub die Nüstern wieder im Dünengras. Der war happy.

Merit war nicht zum ersten Mal in ihrem Leben vom Pferd gefallen. So was passierte. Sie erinnerte sich daran, wie sie als siebenjähriges Mädchen mit dem Reiten begonnen hatte. Für sie stand damals im Kurs nur ein störrisches altes Pony zur Verfügung, das sie oft abwarf. Jede andere Anfängerin hätte aufgegeben. Aber Merit stieg immer wieder in den Sattel.
Dieses Durchhaltevermögen zahlte sich aus. Seit drei Jahren besaß Merit nun ein eigenes Pferd und galt als eine der besten Reiterinnen der Insel. Stürze gehörten der Vergangenheit an. Außer, drei durchgeknallte Brüder rasten zu knapp an ihr und Bonny vorbei!
Zwei der rot-blauen Segel kurvten bereits einige Hundert Meter weiter in der Nähe des *Sunny Beach* auf und ab. Im vorderen musste der jüngste Grober sitzen. Seine Richtungswechsel kamen abrupt und ohne erkennbares Muster. Die Manöver des anderen wirkten geschmeidiger.
Aber wo war der dritte Segler?
Merit drehte sich um.
Einer der Brüder hatte etwa dreißig Meter von ihr entfernt haltgemacht und zwängte sich aus dem Rumpf. Lennart.
„Alles in Ordnung bei dir?" Mit weit ausholenden Schritten kam er auf Merit zu. „Warte, ich helfe dir!"
„Das fehlte mir gerade noch", murmelte Merit. Sie hob den

Po aus dem Wasser und ging auf die Knie, um aufzustehen. Die sanften Wellen umspielten ihre Handgelenke.
„Bin schon da!", hörte sie Lennart und sah auf. Der Mittlere der Grober-Brüder legte einen Spurt hin. Das war nicht einfach auf dem Sand. Lennart aber trabte so locker heran, als wäre er auf einem der asphaltierten Wege der Insel unterwegs. Seine dunkelblonden Haare, die er mit einer auf den Kopf geschobenen Sonnenbrille nach hinten hielt, wippten bei jedem Schritt.
Was trug der denn für ein Shirt? Die roten Buchstaben auf dem schwarzen Stoff sollten offensichtlich an verlaufendes Blut erinnern. *Brothers of Devil.* Ha, ha. Okay, Sinn für Humor hatten die drei. Die Brüder des Teufels. Das Shirt war offenbar selbst gemacht.
Lennart streckte ihr die Hand entgegen. Merit wehrte ab. „Ich schaffe das allein."
„Okay, wenn du meinst. Aber sei …"
„Autsch!"
Merit hatte das rechte Bein nur leicht belastet und war sofort wieder eingeknickt. Ein Stechen schoss von ihrem Knöchel aus nach oben. Als jagte jemand eine heiße Gabel durch ihren Körper. Himmel, tat das weh! Der Schmerz trieb ihr die Tränen in die Augen.

Fast wäre sie erneut unsanft im Wasser gelandet. Gerade noch rechtzeitig streckte sie die Arme nach Lennart aus und hielt sich an seiner Schulter fest.
„Langsam. Und ganz vorsichtig“, sagte er.
„Danke“, presste sie hervor und humpelte von ihm weg.
Der Typ war mit seinen verrückten Brüdern schuld daran, dass sie gestürzt war! Und nun stand sie wie ein heulender Flamingo auf einem Bein und stützte sich auf ihn? Das ging gar nicht!
Außerdem musste sie nur den Reitstiefel ausziehen und den Knöchel einige Minuten im Meerwasser kühlen. Das konnte sie auch ohne ihn.
Wenn Bonny sich bloß nicht noch weiter durch die Dünen fressen würde! Das roch nach Ärger mit der Gemeinde. Aus gutem Grund war es verboten, die Dünen zu betreten und zu beschädigen: Sie schützten die Insel. Die Gewächse verhinderten, dass der Wind den Sand abtrug. Gar nicht gut, wenn Bonny ein Büschel nach dem anderen ausriss.
„Komm her, mein Schöner!“, rief Merit.
Lennart machte einen Schritt auf sie zu.
„Nicht du!“, fauchte Merit. Der Kerl checkte auch gar nichts!
Lennart grinste so breit, dass seine Ohren die Sonnenbrille

ein Stück weiter nach hinten schoben. „Hierher, mein Schöner!“, rief er dann in Bonnys Richtung.
Ging's noch? Musste sie dieser Knalltüte jetzt auch noch erklären, dass sich kein Pferd der Welt anlocken ließ, wenn man in die Knie ging und mit den Händen auf die Oberschenkel patschte, als wäre es ein knuffiger Hundewelpe?
„Damit vertreibst du ihn nur“, sagte sie. „Pferde sind Fluchttiere.“
Lennart erhob sich und fuhr sich durch die Haare. „Echt? Okay, sorry. Da kenne ich mich nicht aus. Übrigens: Wirklich beeindruckend, wie du mit dem Gaul umgehen kannst. Du hättest ihn fast wieder unter Kontrolle gehabt.“
„Mein *Pferd* heißt Bonny“, erwiderte Merit frostig.
„Klar. Ich wollte nur sagen, dass ich Respekt davor habe. Ich weiß nicht, ob das was für mich wäre. Auch wenn es mich mal reizen würde. Aber ich halte mich wohl besser an unsere Strandsegler. Mit denen kenne *ich* mich super aus.“
„Im Gegensatz zu deinem kleinen Bruder“, antwortete Merit.
Das schien auch Lennart so zu sehen. „Ja, sorry. Leif hätte größeren Abstand halten müssen. Ich werde ihm das nachher sagen.“
Für Merit war die Sache damit erledigt. Sie hatte anderes zu

tun, als weiter hier herumzustehen. Sie nickte Richtung Dünen. „Ich muss dann mal."
Lennart nestelte umständlich seine Sonnenbrille aus den Haaren.
„Bist du sicher, dass du damit gehen kannst?" Er zeigte auf ihren Fuß.
Merit machte eine wegwerfende Handbewegung. „Das spüre ich kaum noch." In Wahrheit pochte der Knöchel immer heftiger.
Lennart schien nicht überzeugt. „Ich kann dich begleiten."
„Nein, schon gut."
Endlich nickte Lennart. Er drehte ab und ging einen Schritt, dann zog er sein Smartphone aus der Tasche seiner Shorts. „Ich gebe dir auf jeden Fall mal meine Nummer. Dann kannst du dich melden, falls noch etwas ist." Er wartete darauf, dass Merit das Handy zückte.
Tja, Pech gehabt. Das steckte in einem Fach in Bonnys Sattel. Gut so, denn hätte sie es in der Hose gehabt, wäre es nach ihrem unfreiwilligen Bad hinüber.
Merit seufzte. Sie würde Lennart nicht abwimmeln können, bevor sie seine Nummer bekommen hatte. „Dann schieß schon los, ich merke sie mir."
Nicht, dass sie das wirklich vorhatte.

Lennart machte ungläubige Augen, dann nickte er und fing an. Er wiederholte die Ziffern. Beim dritten Mal unterbrach Merit ihn. „Ich hab's, danke."

Lennart lächelte schräg, drehte um und trabte zurück zu seinem Segler.

Merit atmete auf und sah zu Bonny hinüber. Er mampfte immer noch etwa fünfzig Meter vom Meer entfernt in den Dünen vor sich hin. Ein Spaziergang würde das mit dem Knöchel nicht werden.

Trotzdem. Dieser kleine Unfall würde ihr sicher nicht den schönsten Sommer ihres Lebens vermiesen.

Party mit Herzklopfen

Merit blinzelte einen Schweißtropfen weg, der ihr über die Braue ins linke Auge lief. Nicht der erste, seitdem sie vom Strand aufgebrochen war, und nicht der letzte, bis sie das *Haus Schönborn* erreichte.

Die Sonne brannte schon um diese frühe Uhrzeit vom wolkenlosen Himmel, als wollte sie die bisherigen Temperatur-Rekordwerte noch vor dem Mittagessen knacken.

Merit liebte es, wenn die Sommersonne ihre Nordseeinsel fast in ein Südseeparadies verwandelte. Am liebsten genoss sie das Traumwetter allerdings mit ihren besten Freundinnen Josy, Emmy und Matilda am Strand. Oder sie saß auf Bonnys Rücken, statt ihn am kurzen Zügel quer durchs Inseldorf zu führen.

Mehr als zehn Minuten hatte sie für die paar Meter zu ihm gebraucht! Sie hatte Bonnys Frühstück beendet und war auf-

gestiegen … nur um wenig später wieder aus dem Sattel zu gleiten. Diesmal freiwillig.
Jede kleine Erschütterung hatte die pochenden Schmerzen in ihrem Knöchel verhundertfacht!
Also lieber laufen.
„Oder was man so laufen nennt", sagte sie und tätschelte Bonnys Flanke. Bonny bedankte sich mit einem tiefen Schnauben, während Merit einen weiteren ungelenken Schritt machte und dabei versuchte, das Bein möglichst wenig zu belasten.
Ob sie doch bei ihren Eltern anrufen sollte? Mama Mareike und Papa Ole würden sofort den Pferdeanhänger ankoppeln und sie und Bonny holen kommen.
Merit schüttelte den Kopf und rieb Bonny erneut die Seite, als hätte dieser den Wunsch geäußert. „Nichts da. Heute ist Großkampftag."
Wie jeden Samstag reisten heute etliche Gäste des Familienhotels an und ab. Viele besuchten die Insel mit der Bahn und so war ihr Vater an diesen Tagen voll mit dem Shuttleservice zum Inselbahnhof beschäftigt. Merits Mutter kümmerte sich inzwischen um die Zimmer, bevor am Nachmittag die neuen Urlauber eintrafen. Vor allem alte Leutchen.
Merit seufzte. Das Hotel, das ihre Eltern nach dem Tod des

Großvaters vor fünf Jahren übernommen hatten, war alles andere als der Hotspot für coole Typen. Jugendliche in ihrem Alter waren eher die Ausnahme. Aber sie mochte die Rentner. Manche von ihnen kannten sie schon, seit sie laufen gelernt hatte. Sie kehrten Jahr für Jahr wieder und steckten ihr wie gute Onkel und Tanten etwas Taschengeld zu, wenn ihre Eltern nicht hinsahen.

Und wenn sie ihre Oma Levke anrufen würde? Die alte Dame kurvte sehr zum Missfallen von Merits Eltern immer noch in halsbrecherischem Tempo in ihrem zerbeulten Kleinwagen über die Insel. Ständig war sie unterwegs zu diesem oder jenem Hofladen, um die besten Zutaten für ihr berühmtes Frühstücksbuffet zu besorgen.

Mit dem Hänger konnte sie allerdings nicht umgehen. Also fiel auch das flach.

Im Humpelgang auf dem Weg nach Hause ließ sich Merit den gestrigen Abend noch einmal durch den Kopf gehen.

Sie war, wie so oft, die Stufen zum Dachboden des *Sunny Beach* emporgestiegen. Das alte Holz hatte unter ihren Schritten geknarrt …

… die Sonne schien schräg durch das Bullauge und tauchte den Treffpunkt der *Summer Girls* in goldenes Licht. Staubflöckchen tanzten durch die Luft. Es roch nach Holz und salziger See. Von draußen drangen die Geräusche des Sommers herein: Möwen mit ihrem hellen Krächzen, lachende Kinder, ein Motorboot, das drüben an den Bojen vorbeibrummte.

Josy saß, der Tür den Rücken zugewandt, auf einer der Matratzen und lackierte sich die Fußnägel. Matilda stand hinter Josy und flocht ihr weiße Blüten ins Haar. Von Matildas Cousine Emmy, dem Bücherwürmchen, war noch nichts zu sehen. Nachdem sie und ihr Sandkastenkumpel Daniel endlich zueinandergefunden hatten, hingen die beiden wie die Kletten aneinander. Dabei hatten die *Summer Girls* vereinbart, dass sie gemeinsam auf der Party erscheinen und sich erst dort mit den Jungs treffen würden!

Merit spürte einen Stich im Herzen. Vor einigen Tagen war Patrick abgereist. Nicht, dass Merit und ihn so etwas verbunden hatte wie Emmy mit Daniel oder Matilda mit Lasse! Sie hatte sich nur Hals über Kopf in Patrick verliebt. Genau wie zwei Wochen zuvor in Vincent.

Merit konnte sich nichts Schöneres im Leben vorstellen, als sich endlich in den Richtigen zu verlieben. Dumm nur, dass das Schicksal ihr immer wieder die Falschen vor die Nase setzte.

Patrick und Vincent mussten sie für total durchgeknallt gehalten haben, so liebeskrank wie Merit sie angestarrt hatte. Nun umrundete Merit die Sitzecke und hüpfte Matilda und Josy gegenüber auf die Matratze.

Was half gegen trübe Gedanken am besten? Party! Das zumindest behaupteten die anderen *Summer Girls.* Merit hätte genauso gern nach dem Abendessen die leere Küche des Hotels in Beschlag genommen und neue Backrezepte ausprobiert. Doch Josy hatte ihr in den Ohren gelegen, sie nicht im Stich zu lassen. Sie wollte nicht dumm dastehen, wenn Matilda mit Lasse abzog und Emmy mit Daniel ihr Glück feierte. Wobei eine wie Josy nie wirklich lange allein blieb.

Trotzdem hatte Merit sich breitschlagen lassen. Die Cupcakes mussten warten. Dass sie allerdings im Hula-Röckchen und mit Blumengirlande um den Hals aufkreuzte, konnten die anderen vergessen!

Klar war es ein kreativer Gedanke des Kulturzentrums, die Strandparty unter das Motto *Hawaii* zu stellen. Das hieß aber noch lange nicht, dass sich auch jeder daran halten musste.

Merit hatte ein Outfit gewählt, in dem sie sich wohlfühlte: lange löchrige Jeans mit einer hübschen Gürtelschnalle, ein weites weißes Top, das sie vorn locker in den Hosenbund steckte, darüber ein kariertes Hemd, das sie offen trug. Dazu die schönen braunen, mit Steinchen besetzten Sandalen. Fertig.

Nicht unbedingt das, was Josy für angebracht hielt, wie Merit an ihrem Blick erkannte.

„Hast du was nicht mitbekommen?“ Josy seufzte übertrieben und rollte mit den Augen.

„Wer hat was nicht mitbekommen?“, hörte Merit eine Stimme von der Treppe her. Wenige Sekunden später erschien Emmy in der Tür.

Hatte sie sich doch noch von ihrem Daniel loseisen können!

Die Jüngste der *Summer Girls* warf sich neben Merit auf die Matratze. Sie streckte die in schwarzen Jeans steckenden Beine aus und legte die klobigen schwarzen Stiefel, mit denen sie schon auf die Welt gekommen sein musste, auf den niedrigen Tisch. Breit lächelnd blickte sie sich in der Runde um und pustete sich die einzelne schwarz-weiß gefärbte Strähne ihrer ansonsten schwarzen Haare aus dem Gesicht.

„Ihr beide!“ Josys Zeigefinger schoss anklagend nach vorn. „Hawaii? *Aloha*? Würmchen, du siehst wieder gruselig aus.“ Sie zeigte auf Emmy. „Und du, Merit, darfst dich nicht wundern, wenn dich später jemand fragt, ob du dein Pferd vor dem Saloon angebunden hast.“

„Pferde sind auf der Party erlaubt?“ Merit kicherte. „Ich gehe gleich Bonny holen!“

Matilda beendete ihre Arbeit an Josys Frisur und rutschte über das ausrangierte Surfbrett, das als Lehne diente, neben Josy. Sie verschränkte die Arme und sah mit zusammengekniffenen Augen abwechselnd zwischen Merit und Emmy hin und her.

„Nein, das passt perfekt“, meinte sie schließlich. „Bei Emmy ist sowieso alles verloren. Das solltest du inzwischen eingesehen haben, Josy.“ Sie warf ihrer Cousine einen Luftkuss zu. „Und Merit sieht einfach nur klasse aus.“

Merit klatschte in die Hände. „Dann ist die Outfitfrage ja geklärt.“

Josy war überstimmt und nahm es schmollend hin.

Die nächsten Minuten verbrachten die *Summer Girls* mit dem Make-up. Um Josy zu besänftigen, gestattete Merit ihr den *Griff in die Trickkiste*, wie Josy es nannte. Sie gab Merit mit etwas Rouge und einem glitzernden Lipgloss den letzten Schliff. Am Ende steckte Merit sich doch noch eine einzelne weiße Blüte ins Haar. Hula-hula!

Gemeinsam stiegen sie die Treppe nach unten und liefen untergehakt durch den warmen Sand zur Promenade hinauf und weiter Richtung Party.

Das Meer glitzerte wie ein mit Millionen von Diamanten besticktes Tuch, und Merit war nun doch froh, hier bei ihren Freundinnen zu sein, statt in der Küche Eier zu schlagen und Mehl unterzurühren. Partyalarm!

„Hier, für dich!“ Benita vom Kulturzentrum hielt Merit einen Kranz aus Papierblumen hin. Matilda und Josy hatten ihre schon übergestreift. Selbst Emmy hatte die bunten Blüten zusätzlich zu ihren klimpernden Gliederketten um den Hals gelegt.

Merit seufzte und senkte den Kopf, damit Benita sie ihr überwerfen konnte. Als sie wieder aufsah, grinste sie ihre Freundinnen an. „Jetzt zufrieden?“

Josy hob den Daumen.

„Hey, da seid ihr ja endlich!“ Lasse war mit Daniel im Schlepp zwischen den Leuten unter dem riesigen Pavillon hervorgetreten und schlang seine Arme um Matilda.

Merit konnte sehen, wie seine bernsteinfarbenen Augen funkelten, als er Matilda betrachtete. Matilda schien es wie ihm zu gehen: die *Summer Girls*, die Party … alles vergessen.

Sie drückte Lasse einen Kuss auf die Lippen und zog ihn zur Tanzfläche, auf der sich schon etliche Partygänger zu den entspannten Südseeklängen bewegten.

Emmy und Daniel steckten die Köpfe zusammen und quatschten sofort los, als hätten sie sich seit Jahren nicht mehr gesehen.
Blieb Josy, die Merit ja unbedingt dabeihaben wollte.
Aber wo war sie abgeblieben? Sie hatte vor einer Millisekunde doch noch direkt neben ihr gestanden!
Merit entdeckte sie einige Schritte weiter an der aus zwei Biertischen bestehenden Theke. Vier Jungen diskutierten darüber, wer Josy etwas ausgeben durfte. Josy tat, als wäre ihr das unglaublich unangenehm. Merit kannte sie besser. Wahrscheinlich hatte Josy es genau darauf angelegt. Sie liebte ihre Rolle als umschwärmte Inselqueen!
Sollte sie nur. Merit würde sich etwas abseits einen Platz suchen und auf die anderen warten, bis sie genug vom Tanzen, Reden oder Flirten hatten.
„Ziemlich was los hier, oder?"
Fast hätte Merit die Stimme überhört. Sie drehte sich um. Obwohl sie zu dem Jungen aufschauen musste, schien er, die Hände tief in die Taschen seiner beigen Cargo-Shorts gesteckt und den Kopf etwas eingezogen, kaum größer zu sein als sie.
Er sah Merit an. Seine Augen hatten das tiefste Blau, das sie je gesehen hatte. Wie der Himmel eine Sekunde vor Sonnen-

untergang. Merit erwartete beinahe, Sterne darin aufblitzen zu sehen.
Ein Lächeln umspielte seine Mundwinkel, verschwand aber, als er die Hände aus den Taschen nahm. „Sorry, ich wollte dich nicht einfach anquatschen. Also doch, wollte ich, aber …" Mit einem Seufzen, das nach echter Verzweiflung klang, ließ er die Schultern sinken. „Oh, Mann, ich hab's vermasselt. Entschuldige, das war voll daneben. Ich lasse dich besser mal in Ruhe. Viel Spaß noch."
Merit stieß ein helles Lachen aus. Der fremde Junge zuckte zusammen. Merit nestelte an ihrer Blumenkette herum. Sie hatte ihn nicht erschrecken wollen. Es war nur …
Er hatte sich genau so verhalten, wie Merit sich ständig fühlte. Allein das machte ihn schon sympathisch.
Außerdem musste Merit zugeben, dass er jetzt, da er ebenfalls wieder lächelte, verdammt gut aussah. Seine braunen Haare trug er modisch kurz an den Seiten, oben länger und locker nach hinten gekämmt.
„Simon", sagte er und streckte zögernd die Hand aus. Merit ergriff sie.
„Merit", hörte sie sich antworten. Simon und sie schüttelten sich die Hände. Etwas länger als nötig. Wie zwei Politiker, von denen jeder Fotograf ein hübsches Bild schießen soll-

te. Simon sah sie unverwandt an. Ihr Herz wummerte. Diese blauen Augen waren definitiv dafür gemacht, darin zu versinken!

Merit riss sich von dem Anblick los. Am liebsten hätte sie den ganzen Abend damit verbracht, diesen Blick zu erforschen. Aber sie versperrten den weiterhin ankommenden Gästen den Weg zur Theke und zur Tanzfläche. Gemeinsam rückten sie ein Stück zur Seite.

„Also", sagten sie gleichzeitig.

Merit lachte und nickte Simon zu. *Du zuerst!*

„Ich habe dich und deine Freundinnen kommen gesehen", sagte er. „Ich wusste gleich, dass ich dich ansprechen muss. Ich wusste nur nicht, wie." Seine Augen weiteten sich. „Das war schon wieder blöd, oder? Das hätte ich nicht zugeben sollen. Ich hätte einen Spruch gebraucht. Mann, mir liegt das einfach nicht. Aber ich dachte mir, dass es doch nicht sein kann, dass niemand das hübscheste Mädchen der Party bemerkt."

„Danke."

„Wofür?"

„Für das Kompliment." Merit wusste, dass es nicht wahr war. Simon hatte Josy noch nicht entdeckt, die Inselqueen.

Moment. Simon hatte sie, Merit, mit ihren Freundinnen ge-

sehen. Also auch mit Josy. Und trotzdem fand er, dass *sie* das hübscheste Mädchen war?
Ein Kloß bildete sich in ihrem Hals. Sie nickte Simon wieder zu. Er musste etwas sagen, schnell. Sie selbst war dazu nicht in der Lage.
Simon suchte etwas verlegen auf dem Boden nach den richtigen Worten. Endlich sah er auf. „Voll der Trubel, was?“, sagte er. „Man versteht sein eigenes Wort nicht. Magst du …?“
„Ja!“ Merit räusperte sich. „Also ja, mir ist das auch zu laut.“
Wie in Trance schwebte sie neben Simon her unter dem Pavillon hinaus auf den freien Strand. Auch hier standen Leute mit Getränken in der Hand zusammen, quatschten und lachten miteinander. Merit hatte das Gefühl, dass alle sie und Simon anstarrten, als sie vorübergingen.
Nach wenigen Metern hatten sie den Strand für sich allein. In der Dämmerung rollten die Wellen heran und spülten weißen Schaum auf den Sand.
Etwas pikste an Merits rechter Ferse. Eine Muschel oder ein Steinchen. Sie hielt an und zog die Sandalen aus. Simon schlüpfte ebenfalls aus seinen Flipflops.
Schweigend liefen sie nebeneinander her. Merit sah über die Schulter zurück. Mit ihren Füßen hinterließen sie zwei parallele Spuren im Sand.

Tausend Fragen wirbelten in Merits Kopf herum. Wo kam Simon her, was machte er, was genau gefiel ihm an ihr so gut, dass er sie unbedingt hatte ansprechen müssen? Gleichzeitig schienen zwischen ihnen keine Worte nötig zu sein.

So etwas hatte sie noch nie empfunden – nicht bei Patrick oder Vincent oder wem auch immer. Hatte sie sich wirklich eingebildet, in die anderen verliebt gewesen zu sein? Lächerlich! Gegen die Empfindungen, die ihr nun durch jede Zelle ihres Körpers schossen, verblasste jedes andere Gefühl.

Die Sommerbrise strich warm über ihren Nacken. Merit blieb stehen und schloss die Augen. Sie spürte, wie der Wind über ihre Haut fuhr und ihr etwas ins Ohr zu flüstern schien.

Er sagte ihr, dass auch sie endlich glücklich werden würde.

Sie öffnete die Augen, als Simon sie leicht an der Schulter berührte. Ein Stromstoß schien von der Stelle durch sie hindurchzufahren.

Es war so verrückt! Merit wusste doch überhaupt nichts von ihm!

Doch, eines wusste sie ganz genau. Sie konnte es in seinen Augen lesen: Er hatte sich ebenso rettungslos in sie verliebt wie sie sich in ihn.

Besser als jeder Arzt!

„Mein Liebchen, was ist denn mit dir passiert?" Oma Levke schoss aus der Hintertür, kaum dass Merit das *Haus Schönborn* am Ende der Stichstraße erreicht hatte. Das Familienhotel lag etwa einen Kilometer vom Zentrum des Inseldorfs entfernt.

„Lauf, mein Schöner." Merit entließ Bonny mit einem Klaps aufs Hinterteil durch das Gatter auf die Wiese nebenan. Ihre Eltern hatten sie für ihr Pferd gepachtet. Bonny trabte wiehernd in Richtung Tränke davon. Absatteln würde Merit ihn später. Wie auch immer sie das anstellen sollte.

Sie zwang sich zu einem Lächeln und wandte sich ihrer Oma zu. „Nur ein kleiner Unfall, kein Grund zur Sorge."

Oma Levke schien das anders zu sehen. Sie warf das Geschirrtuch, mit dem sie sich gerade noch die Hände abgetrocknet hatte, achtlos auf die mit kugelförmigen Blüten

übersäte Hortensie und eilte die drei Stufen herunter und über den Kies auf Merit zu. „Aha, und warum watschelst du, als wärst du bald achtzig und nicht ich? Lass mal sehen."
Merit schlüpfte aus dem hohen Reiterstiefel. Der Schmerz trieb ihr Tränen in die Augen.
„Kindchen, der Knöchel ist ja grün und blau!", stieß Oma Levke erschrocken aus. „Ist dir da einer mit dem Trecker drübergefahren?" Ohne die Antwort abzuwarten, drehte sie sich zum Haus und rief Merits Eltern. Keine drei Sekunden später traten Ole und Mareike aus der Tür.
Trotz der Schmerzen musste Merit grinsen.
Das Hotel gehörte offiziell ihren Eltern. Aber Oma Levke verfügte noch über die nötige Autorität in der Stimme, sodass selbst Merits Eltern sprangen, wenn sie rief. Mit schnellen Schritten waren sie bei ihrer Tochter.
„Was ist denn mit dir …?", fing ihr Vater an, aber Merit winkte ab.
„Nur ein kleiner Unfall", wiederholte sie und berichtete in knappen Worten von ihrem Sturz am Strand.
Die Schuld der Grobers spielte sie herunter. Warum auch immer. Vielleicht wusste sie seit dem gestrigen Abend, dass es Schöneres im Leben gab, als anderen lange böse zu sein? Sie hatte Lennart, Lukas und Leif schon fast wieder vergessen.

„Das muss auf jeden Fall geröntgt werden", stellte Papa Ole fest.
„Ach was, so schlimm ist das nicht." Sicher war Merit sich nicht. Ihr Knöchel leuchtete wirklich in einer ungesunden Mischung aus Grün und Blau – kein gutes Zeichen.
Ihr Vater ließ nicht mit sich diskutieren, und auch ihre Mutter nickte, nachdem sie ins Haus gelaufen und mit einem Kühlpack zurückgekehrt war. „Du musst auf jeden Fall zum Arzt. Keine Widerrede."
Merit hörte die Sorge in ihrer Stimme. Allerdings wusste sie auch, dass ihre Eltern keine Zeit hatten, sie in die nahe gelegene Klinik zu fahren. Auf ihren Vater warteten sicher schon die nächsten Rentner, die er zum Zug bringen sollte, und ihre Mutter steckte vermutlich bereits in den Vorbereitungen für das Mittagessen.
„Die *Summer Girls*!"
Merits Eltern runzelten die Stirn, aber Merit hatte schon das Handy hervorgeholt, das sie zuvor aus Bonnys Satteltasche genommen hatte.
„Ich setze einen Notruf ab. Wetten, dass es keine fünf Minuten dauert, und eine von ihnen steht bereit, um mich mit dem Rad ins Krankenhaus zu kutschieren? Nicht, dass ich das für nötig halte. Aber wenn es euch beruhigt?"

Merits Eltern und Oma Levke nickten. „Das würde es auf jeden Fall", sagte Merits Mama. „Und wenn wirklich eine deiner Freundinnen Zeit hätte? Würde dir das auch nichts ausmachen? Du weißt ja, Samstag ist …"
„… Großkampftag, ja, ich weiß." Merit schob das Handy in die Tasche. „Fertig. Die Nachricht ist raus."
Sie humpelte mithilfe ihres Vaters zur kleinen Treppe vor der Hintertür und setzte sich. Selbst für die paar Meter schien sie eine Ewigkeit zu brauchen. Ein Wunder, dass sie den Weg vom Strand bis nach Hause geschafft hatte.
Die *Summer Girls* waren eigentlich für den späten Abend verabredet. Merit konnte es kaum erwarten, ihren Freundinnen von Simon zu erzählen!
Das Knirschen von Reifen auf Kies riss sie aus ihren Gedanken.
Josy bremste so heftig, dass kleine Steinchen durch die Gegend schossen. Sie sprang von ihrem Rennrad und ließ es achtlos zur Seite kippen.
Die immer coole Josy sah erschrocken aus.
Merit umarmte sie umständlich im Sitzen. „Jetzt beruhige dich mal wieder. Ich habe doch nur geschrieben, dass ich vom Pferd gefallen bin und kurz mal ins Krankenhaus …"
„Tatütata!", hörte sie jemanden von der Straße her rufen.

Emmy bog um die Ecke. „Ich war gerade unterwegs Richtung Bücherschrank, als deine Nachricht kam … Oh, hi, Josy!"
Merit lachte. „Also, ich habe mich ein klitzekleines bisschen am Knöchel verletzt, und meine Eltern bestehen darauf, dass ich das anschauen lasse."
„Nicht nur deine Eltern, Liebchen!", warf Oma Levke ein.
„Kann eine von euch mich ins Krankenhaus bringen?"
„Ich!"
„Ich!"
Merit sah zwischen den beiden hin und her. „Ich sitze bei Josy auf dem Gepäckträger und Würmchen macht uns den Weg frei. Tatütata und so."
Emmy grinste, Josy nickte zufrieden. Sie halfen Merit auf und ließen sich von Merits Eltern die Gesundheitskarte geben.
Gerade als sie auf den Weg Richtung Dorfmitte bogen, sauste Matilda auf ihrem Rad heran.
„Häng dich hinten dran!", rief Merit ihr lachend zu. „Alles andere erzähle ich dir im Krankenhaus."
Hatte sie es nicht gesagt? Keine fünf Minuten, und alle drei standen auf der Matte, um ihr zu helfen. Konnte man bessere Freundinnen haben? Nie im Leben!

Eine Stunde später humpelte Merit aus dem kleinen Untersuchungszimmer. Ihr Fuß steckte in einem dunkelblauen Verband.

„Was sagt die Ärztin?"

„Ist was gebrochen?"

„Quatsch, dann hätte sie einen Gips! Oder?"

Matilda, Emmy und Josy sprangen auf. Sie hatten auf dem Flur in der Notaufnahme gewartet, obwohl sie wahrscheinlich zu Hause ebenso gebraucht wurden. Matilda und Emmy im *Sunny Beach*, Josy im Strandkorbverleih ihrer Eltern, wo die Touristen sich um diese Uhrzeit schon die besten Plätze sicherten.

Na so was. Da musste man nur mal vom Pferd fallen, schon stand man im Mittelpunkt!

Merit verzog das Gesicht. Die Medikamente, die ihr die Ärztin gegen die Schmerzen verschrieben hatte, musste sie erst noch in der Apotheke besorgen, und auch nach der Einnahme würde es eine Weile dauern, bis sie wirkten. Bis dahin …

Merit ließ sich auf einen der Stühle gleiten. „Gebrochen ist nichts. Der Knöchel ist nur ordentlich verstaucht."

Sie lächelte schwach. Laut der jungen Ärztin war ein *schöner glatter Bruch* mitunter sogar weniger schmerzhaft als eine Verstauchung. „Ich muss das Bein in nächster Zeit schonen."

Josy stöhnte auf. „Katastrophe! Wir haben einen Jahrhundertsommer, das Meer ist warm wie eine Badewanne! Außerdem hat Würmchen in nicht einmal einer Woche Geburtstag!"
Die dicken Gliederketten um Emmys Hals klimperten, als sie den Kopf schüttelte. „Zum zehnten Mal, Josy, ich hab nach dem Stress der letzten Wochen keinen Nerv, mich um eine Megafete zu kümmern. Wir treffen uns einfach gemütlich auf dem Dachboden, wie immer." Sie blickte zu Merit und legte sich den Zeigefinger auf den Mund. „Oder ist das jetzt ein Problem, Merit? Kommst du da hoch?"
Merit nickte vage. „Ich soll ein paar Tage langsamer machen", sagte sie. „In einer Woche bin ich wieder topfit. Denke ich. Je nachdem, wie schnell es heilt. Der Sommer ist noch lange nicht gelaufen für mich. Und *gemütlich* klingt gut, Emmy."
Merit ärgerte sich über ihr Handicap. Sie hatte wirklich geglaubt, das Bein nur hochlegen und kühlen zu müssen, um wenig später wieder durch die Gegend springen zu können. Daraus wurde nun nichts.
Und wer sollte sich, während sie sich auskurierte, um Bonny kümmern? Die Absprache mit ihren Eltern war eindeutig: ihr Pferd, ihre Arbeit.
Merit seufzte, nachdem sie diese Sorge mit ihren Freundinnen geteilt hatte: „Und im Hotel brennt sowieso der Block.

Als würde das nicht reichen, hat mein Paps für nächsten Freitag einen Lagerfeuerabend mit Musik geplant."
„Super Idee!", rief Matilda. „Das kommt bei euren Gästen bestimmt toll an."
Merit wiegte den Kopf. „Bei den Gästen vielleicht. Mein Paps hat noch nichts Genaues gesagt, aber ich denke, das geht in die Richtung …"
„… Stockbrot backen mit den Omis und Opis und stundenlang Schlager auf die Ohren?", fiel Josy ein.
Merit nickte gequält. „Mir muss es ja nicht gefallen. Aber ich müsste da dringend helfen." Sie hob ihr Bein ein Stück an, ließ es aber gleich wieder sinken, als es stach. „Tja."
Merit hörte das Klirren von Emmys Ketten, als die sich nach vorn beugte. „Ich bin keine Ärztin. Aber ich weiß, was du jetzt brauchst, bevor du hier den Blues schiebst. Ruf deine Eltern an und erzähl ihnen, was Sache ist. Die machen sich bestimmt Sorgen. Und dann verschreibe ich dir eine extra große Portion Sonne und Meer gegen die trüben Gedanken."
Merit grinste. Das klang nach einem guten Plan. Wenn die *Summer Girls* jetzt schon beisammen waren, wieso sollte sie den anderen dann erst beim geplanten Treffen am Abend erzählen, wie wenig Grund sie seit der gestrigen Party für trübe Gedanken hatte?

Krankenpfleger gesucht

Mit offenen Mündern starrten Matilda, Emmy und Josy Merit an. Die drei hockten wie neugierige Seemöwen auf dem Verandageländer des *Sunny Beach.* Merit saß in dem weißen Korbsessel, den Emmys Bruder Jan für sie rausgetragen hatte. Jan hatte heute die Aufgabe, von der Station aus die erfahreneren Surfer weit draußen auf dem Meer mit dem Fernglas zu beobachten. Seine Schwester Valerie und Matildas Vater Nils zischten mit ihren erwachsenen Schülern auf den Brettern hin und her, sprangen über weiße Wellenkämme und vollführten gewagte Manöver.
Merits bandagierter Fuß ruhte auf einem der Hocker, auf denen sonst Zeitschriften über das Windsurfen lagen.
Merit blinzelte gegen die Sonne an. Sie lauschte auf den Sommerwind, ob sie etwas vergessen hatte, aber er schien zufrieden und spielte nur sanft mit ihrem Haar.

Es war ihr vorgekommen, als erlebte sie jede einzelne Sekunde ihres Zusammentreffens mit Simon noch einmal neu. Ihr Herz kribbelte, ihre Wangen leuchteten wahrscheinlich so rot, als hätte sie sich einen Sonnenbrand geholt, ihr Atem ging schneller, während sie auf eine Reaktion ihrer Freundinnen wartete.
Matilda sprang als Erste von ihrem Platz. Sie war bereits in ihren Neoprenanzug geschlüpft, während Jan sich um Merit gekümmert hatte. Von unten hörte Merit auch schon die ersten Eltern, die ihre Kinder zum Wochenend-Schnupperkurs bei Matilda abgaben. In einer Viertelstunde sollte er beginnen, aber noch hatte Matilda Zeit für ihre Freundinnen.
„Oh, Süße, ich freue mich so für dich!" Matilda drückte Merit fest.
Merit lachte und zwinkerte gleichzeitig eine Freudenträne weg. Tat das gut, sein Glück mit anderen zu teilen! Endlich war sie auch einmal an der Reihe!
Emmy war zwei Sekunden später bei ihnen und knuddelte mit. Nur Josy hockte weiterhin auf dem Geländer und rührte sich nicht. „Habt ihr jetzt geknutscht oder nicht?", wollte sie wissen.
„Josy!" Matilda warf ihr einen strengen Blick zu. „Merit ist glücklich verliebt. Jetzt freu dich einfach mal für sie!"

„Mach ich doch." Sie kam eilig zum Gruppenkuscheln. „Aber so billig lasse ich mich nicht abspeisen", hörte Merit sie flüstern. „Ich will Details. Also, wie küsst er?"
Matilda, Emmy und Josy lösten sich aus der gemeinsamen Umarmung und lehnten sich an das Geländer. Obwohl Matilda Josy gerade angepflaumt hatte, schien auch sie neugierig auf Merits Antwort zu sein. Emmy wickelte sich ihre Kette um den Zeigefinger. Sie war genauso gespannt wie die anderen.
Merit überlegte. „Seine Lippen fühlen sich an wie … Erdbeersorbet mit heißer Vanillesoße. Süß und kalt und warm und einfach lecker!"
Sie schlug sich die Hände vor den Mund, um nicht laut loszukichern. Matilda und Emmy giggelten. Jan ließ das Fernglas sinken und schaute zu ihnen herüber. Emmy zog grinsend eine Grimasse in seine Richtung und wedelte mit den Händen, damit er sich wieder auf seine Aufgabe konzentrierte. Jan schüttelte verständnislos den Kopf, wandte sich dem Meer zu und hob das Glas wieder an die Augen.
Josy war zufrieden mit Merits Antwort. „Geht doch! Ihr habt also rumgeknutscht. Und sonst?"
Merit spürte, wie ihr die Röte ins Gesicht schoss. Bestimmt war *sie* jetzt das Erdbeersorbet. Als würde sie beim ersten Date gleich noch einen Schritt weitergehen!

Sie schüttelte den Kopf. „Nichts sonst. Außerdem haben wir nicht *rumgeknutscht.* Wir haben uns geküsst. Einmal." Ihr Herz flatterte erneut, als sie daran dachte. Sie widerstand dem Drang, sich mit der Zunge über die Lippen zu fahren. Beinahe meinte sie, Simon noch zu schmecken.

„Simon hätte mich gern noch viel öfter geküsst", gestand sie und spürte wieder das wohlbekannte Kribbeln. „Aber er ist auch superverständnisvoll! Er hat sich sofort zurückgehalten, als ich meinte, dass mir das zu schnell geht."

Josy verdrehte die Augen. „Ich fasse es nicht! Da findest du endlich den Typen, der auf dich steht, und trittst dann auf die Bremse?"

„Ich finde es absolut richtig." Emmy nickte bestätigend. „Wenn der Bauch sagt, dass es noch zu früh ist, sollte man auf ihn hören."

„Genauso sehe ich das auch", stimmte Matilda ihrer Cousine zu.

Merit bedachte die beiden mit einem dankbaren Blick. „Simon und ich haben Zeit. Er ist bis zum Ende der Ferien hier. Wir wollen demnächst einen gemeinsamen Ausritt machen. Hach, ich freue mich so darauf! Habe ich schon erzählt, dass er Pferde mindestens genauso liebt wie mich?"

Sie kicherte. Noch fühlte es sich neu an, so etwas zu sagen.

Neu, aber gut.

Er liebt mich.

Josy verschränkte die Arme. „Was für ein Zufall."

„Eher Schicksal", erwiderte Merit knapp. Sollte Josy nur die beleidigte Leberwurst spielen. Davon ließ sie sich nicht beeindrucken. Nicht mehr. Sie hatte es in letzter Zeit mehrfach sattgehabt, dass Josy immer so tat, als wüsste sie alles besser.

„Wir wollen so bald wie möglich zusammen ausreiten", fuhr sie fort. „Er war total interessiert, als ich ihm von den einsamen Wegen berichtet habe und von den Ausritten am Strand bei Sonnenaufgang."

„Klingt mir nach einem echten Hauptgewinn." Josy sah zu Merits bandagiertem Fuß. „Aber da muss sich der Prinz auf seinem weißen Pferd noch etwas gedulden, was?"

Merit spürte einen Stich im Herzen. Josy schien sich nicht wirklich für sie zu freuen. Das tat weh. Und es war seltsam. So war sie doch eigentlich gar nicht.

„Wo kommt Simon überhaupt her?", wollte Matilda wissen.

Merit entging der Schatten nicht, der sich Matilda bei dieser Frage über das Gesicht legte.

Matilda war in den letzten Tagen wortkarger gewesen als üblich. Nicht mehr lange, und Lasse würde zurück nach

Frankfurt fliegen. Merit wusste, dass Matilda sich vor einer Fernbeziehung fürchtete. Sie war davon überzeugt, dass es das Ende ihrer Freundschaft mit Lasse sein würde.

Ein Summen unterbrach Merit, bevor sie Matildas Frage beantworten konnte. „Ups, sorry." Sie nestelte umständlich ihr Smartphone aus der Hosentasche und warf einen Blick auf die eingegangene Nachricht.

Hi! Wollte nur hören, wie es dir geht?

Der Absender überraschte Merit. Woher hatte Lennart ihre Nummer? Sie hatte sie ihm jedenfalls nicht gegeben.

Aber auf der Insel kannte jeder irgendwie jeden. Lennart ging auf dieselbe Schule, er war nur eine Jahrgangsstufe über Matilda, Josy und Merit. Wahrscheinlich hatte er zig Bekannte, über die er an Merits Nummer gekommen sein konnte. Schon stand sie in der Liste seiner Kontakte. Pech für sie.

Sie schloss die Nachricht unbeantwortet und legte das Handy beiseite. Emmy und Josy unterhielten sich inzwischen über die Frage, wer wen wann wie oft küssen sollte. Matilda wirkte immer noch bedrückt.

„Ist bei dir eigentlich alles in Ordnung?", wandte sich Merit vorsichtig an sie.

„Klar!" Die Antwort kam zu schnell. Viel zu schnell. Das schien Matilda selbst zu bemerken. Sie senkte den Kopf. „Ja, also, wir sind glücklich. Rosa Wolken und alles. Lasse ist mein Traum. Ich kann mir ein Leben ohne ihn nicht vorstellen. Und genau da liegt das Problem."

„Verstehe ich nicht", gab Josy zu.

Himmel, war die heute begriffsstutzig!

„Mensch, Josy! Matilda macht sich Sorgen, was wird, wenn Lasse heimfliegt." Merit wandte sich Matilda zu. „Das muss echt schwierig für dich sein. Mich würde das auch beschäftigen."

Matilda starrte an Merit vorbei zu den Dünen hinter dem *Sunny Beach*. Merit bezweifelte, dass Matilda gerade die Schönheit ihrer Sommersonneninsel betrachtete und sich am sanft wogenden Gras oder dem seidenfeinen Schleier aus Sandkörnern erfreute, die der Wind vor sich herpustete. Sie wirkte angespannt bis in die Fingerspitzen.

„Ich kann an nichts anderes mehr denken als daran, dass er bald weg ist. Ich wünschte, ich könnte die letzten Wochen genießen, aber es funktioniert nicht. Dazu kommt, dass die neue Freundin von meinem Paps sich aufspielt, dass mir übel wird."

„Kein Wunder. Wahrscheinlich ist die genau wie ihre Tochter Zoe", warf Josy ein.

Zoe war mit ihrer Mutter Anja bis vor wenigen Tagen Gast

in einem der Ferienhäuschen des Bossenhofs gewesen. Zwischen der alleinerziehenden Mutter und Matildas Papa hatte es gefunkt.
Matilda schluckte schwer. „Mir war nie wirklich klar, dass er sich wieder verlieben könnte."
Hilfe, kämpfte Matilda mit den Tränen? Ja, tatsächlich!
Merit breitete die Arme aus. Matilda ging in die Hocke und schmiegte sich in Merits Arme.
Diesmal checkte sogar Josy, was Sache war. Sie streichelte Matilda den Rücken.
„Ich würde ihm das so gern gönnen." Matildas Stimme wurde leiser. „Ich bin mir sicher, dass Mama es auch so gewollt hätte." Ihre Mutter war gestorben, als Matilda noch ein kleines Kind gewesen war. „Aber diese Anja ist … boah!"
„So schlimm?" Merit fühlte, dass ihr vor Mitgefühl selbst die Tränen aufstiegen.
Matilda sprang auf, als hätte eine Krabbe ihr in den kleinen Zeh gezwickt, und lachte bitter. Jan sah erneut vom anderen Ende der Veranda her fragend zu den *Summer Girls.* Matilda winkte ihm übertrieben freundlich zu, damit er sich wieder um seine Aufgabe kümmerte und die Surfer draußen im Auge behielt.
„Überhaupt nicht!", zischte sie Merit und den anderen zu.

„Das ist es ja gerade. Sie ist so supernett, dass man Ausschlag davon bekommt! Sie sagt und macht immer genau das Richtige." Matilda schnaubte. „Mein Vater und sie telefonieren täglich. Und wenn sie fertig sind, will Anja mit mir reden. Sie will wissen, wie mein Tag war, wie die Kurse mit den Fortgeschrittenen laufen. Bla, bla, bla." Matilda rollte mit den Augen. „Mein Vater ist natürlich hin und weg. Anja hier, Anja da. Wir haben gar kein anderes Thema mehr. Und jetzt hat sie sich noch einmal spontan eine Woche freigenommen, um wieder herzukommen! Gerade war sie weg, übermorgen klopft sie schon wieder an! Ist das zu fassen?"
Emmy hatte sich die letzten Minuten komplett aus dem Gespräch ausgeklinkt. Kein Wunder: Sie mochte Anjas Tochter Zoe nicht. Die hatte sich an Daniel herangemacht – allerdings bevor Emmy und er ein Paar geworden waren. Ihre Stimme klang trotzdem frostig, als sie sich nun wieder zu Wort meldete. „Kommt die Nervensäge auch mit?"
Matilda schüttelte den Kopf. „Zoe bleibt bei einer Freundin. Zum Glück! Die Ferienhäuschen sind nämlich für den Rest der Saison ausgebucht. Und deshalb wohnt Anja" – sie breitete die Arme in einer resignierten Geste aus – „bei uns."
Auweia!
Merit drückte Matildas Hand. „Wir sind immer für dich da.

Das weißt du, ja? Falls du jemanden zum Reden brauchst oder nur so zum Ausheulen."

Matilda nickte dankbar. Ihr Gesicht hellte sich auf. „Danke. Aber ich wollte dir mit meiner komischen Stimmung nicht den Tag versauen. Echt nicht. Heute geht es nur um dich und Simon!"

Auch Emmy lächelte breit. „Und wir sind genauso für dich da, Merit. Stimmt doch, Mädels, oder?"

„Logo!"

„Immer!"

„Wie wäre es dann, wenn wir uns für dich um Bonny kümmern? Abwechselnd? Bis du wieder fit bist?"

Merits Augen wurden groß. Emmy mit den gruseligen Klamotten und dem goldenen Herzen!

„Das würdet ihr machen? Ich würde das nie von euch verlangen, aber bei uns ist die Hütte voll, und weil ich jetzt auch noch ausfalle, haben Mama und Papa echt anderes zu tun …"

Emmy ließ Merit nicht aussprechen. Sie hielt Matilda die Hand zum Abklatschen hin. Etwas zögerlich schlug Matilda ein.

„Machen wir", sagte sie. „Ich habe zwar die Kurse und hätte gern so viel Freizeit wie möglich für Lasse." Sie schluckte. „Aber natürlich kannst du auf uns zählen, Merit. Sorry."

Emmy nickte zufrieden. „*Auftrag Bonny* angenommen. Josy?“
Josy sah aus, als wäre gerade eine gefleckte Kuh vor ihr zur Inselschönheit gekürt worden. „Ich wüsste nicht einmal, was ich da machen soll! Ihr beide habt eure Ponys, ihr kennt euch aus. Ich nicht.“ Sie sah sich panisch um.
Merit kicherte. Josy ging neben ihr auf die Knie. „Aber ich kann mich um *dich* kümmern. Genau! Ich bin eine super Krankenschwester. Und wenn ich schon mal da bin, kann ich auch deinen Kleiderschrank inspizieren und die schlimmsten Teile ausmisten.“
„Vergiss das ganz schnell!“ Merit lachte. „Ehrlich, Josy. Wenn die Pferdepflege nichts für dich ist, kein Ding. Auch wenn ich sicher bin, dass du das ohne Probleme hinkriegen würdest. Bonny mag dich.“
„Echt?“ Josy knibbelte an der Unterlippe. Sie warf Matilda und Emmy einen anklagenden Blick zu, grinste dann aber. „Da kann ich mich wohl nicht mehr drücken, was?“
Emmy warf die Hände in die Höhe. „Tschakka! *Summer Girls* forever!“
Matilda und Josy stimmten in ihr Lachen ein. Und auch Merit lachte. Glücklich. Sie wusste, wen sie sich für die Krankenpflege wünschte.

Wie viel Zeit sie und Simon in den nächsten Tagen miteinander verbringen konnten!
Der Gedanke machte sie ganz hibbelig. Sie musste noch so viel über ihn erfahren! Denn Matilda hatte sie auf etwas aufmerksam gemacht: Bislang wusste Merit noch nicht einmal, wo Simon überhaupt herkam.
Er war am gestrigen Abend so neugierig auf Merit gewesen und hatte nur sie reden lassen. Sie hatte ihm erzählt, dass Pistazie ihr Lieblingseis war und dass sie sich manchmal im Dunkeln fürchtete. Er wusste von den *Summer Girls*, von Oma Levke, von Merits Liebe zu Süßem, aber auch, wie sehr sie es mochte, sich in die Wellen zu werfen. Von ihm dagegen wusste sie kaum etwas.
Wie unaufmerksam von ihr!
Und wie spannend!
Gab es etwas Aufregenderes, als den Menschen kennenzulernen, in den man sich vom ersten Augenblick an verliebt hatte?

Lieblingsmelodie am Abend

„Magst du meine Pasteten probieren, Liebchen?" Oma Levke steckte den Kopf zur Tür herein und grinste wie ein freundlicher Kobold. Ihre graublauen Augen glitzerten.

Merit richtete sich in ihrem Bett auf. Ihre Mutter hatte ihr den Rücken mit Kissen gepolstert und eine zusammengerollte Decke unter ihr Bein geschoben, sodass es hoch lag und der Knöchel besser abschwellen konnte.

Die Schmerztabletten wirkten. Im Liegen spürte Merit kaum noch etwas. Aber sie wusste, dass sie das Bein noch nicht belasten konnte. Dann würde es sofort wieder stechen und ziehen.

„Lieb von dir!" Merit sog genießerisch die Luft ein, als ihr der Duft nach Blätterteig, gefüllt mit Heidelbeeren und Himbeeren, in die Nase stieg.

Oma Levke hatte fünf winzige mit Früchten dekorierte Pasteten auf einem hübschen Teller angerichtet und stellte ihn zu der Tasse Tee und den Apfelschnitzen, für die Merits Mutter bereits gesorgt hatte. Die Gefahr, dass Merit in ihrem Krankenlager verhungerte, bestand eher nicht.

Auf dem kleinen Tisch neben ihr türmten sich Bücher und Backzeitschriften, zuoberst lag ihr Smartphone mit den Hörbüchern, die sie sich heruntergeladen hatte, um sich die Zeit zu vertreiben. Angefangen hatte sie noch keins. Ihre Gedanken waren immer woanders gewesen.

Oma Levke tätschelte ihre Wange. „Werd nur schnell wieder gesund, Kindchen. Draußen ist herrliches Wetter. So einen Sommer haben wir nicht alle Jahre. Da wisst ihr jungen Leute doch Besseres mit euch anzufangen, als krank auf dem Zimmer zu bleiben, oder?“ Sie zwinkerte ihr zu.

Merit lächelte müde. *Allerdings* wusste sie Besseres mit sich anzufangen!

Nachdem Oma Levke gegangen war, griff sie nach einem der Kuchen. Aber an diesem Samstagabend setzte nicht das bekannte Wohlgefühl ein, als sie die Füllung im Mund zergehen ließ. Obwohl die Pasteten sicher perfekt waren wie alles, was Oma Levke in der Küche zauberte, schien der Teig pampig an Merits Gaumen zu kleben.

Die tief stehende Sommersonne schickte goldene Strahlen durch das Fenster, beleuchtete die Pferdeposter an der Wand gegenüber, das Regal mit all den Bänden über Pferdepflege und den Koch- und Backbüchern, die Merit in- und auswendig kannte.
Ihr Reich war überschaubar, das Bett nahm den meisten Raum ein. Am Fenster stand der Schreibtisch mit dem Laptop, neben der Tür lag ein Sitzsack auf dem Boden, um den sich die *Summer Girls* gern stritten, wenn sie sich hier trafen.
Wände, Vorhänge und Kissen waren in Lila- und Fliederfarbtönen gehalten, auf dem alten Parkettboden lag ein Webteppich in denselben Farben.
Merit fühlte sich wohl hier, mit dem Blick über die Dünen, der niedrigen Decke, dem mit Perlen verzierten Kronleuchter und den knarrenden Brettern. Es war eine schnuckelige Höhle, in der sie gern mit sich und ihren Gedanken allein war.
Heute aber fiel ihr die Decke auf den Kopf.
Sie hob das Bein vorsichtig auf den Boden, stemmte sich mit beiden Händen hoch und hüpfte zum Fenster, um es zu öffnen. Wenigstens die Sommerluft hereinlassen mit all den Düften nach Kräutern und Rosen und warmem Sand!

Allerdings drangen damit auch das weit entfernte Lachen vom Strand und das Brausen der Wellen zu ihr herauf. Dumpfe Bässe erklangen von hinter den Dünen. Da testete gerade einer seine Musikanlage. Vermutlich fand an diesem Abend wieder eine Party statt und alle gingen hin. Nur sie nicht.

Sie angelte sich ihr Handy vom Nachttisch.

Keine neue Nachricht von Simon.

Merit hatte ihm gleich nach dem Besuch im Krankenhaus und dem Abstecher zum *Sunny Beach* geschrieben. Er hatte total süß reagiert, als sie ihm berichtet hatte, dass sie verletzt war:

Oh, du Arme! Das tut mir ja so leid für dich. Fühl dich umarmt! Dein Simon.

Ihr Herz hatte gewummert vor Freude.

Dein Simon.

Wie sich das anhörte!

Dass er sie umarmte, stellte sie sich nur zu gern vor.

Ich hoffe, dass ich in ein paar Tagen wieder fit bin. Bis dahin muss ich das Bein schonen. Umarmung zurück. Deine Merit.

Sie hatte lange an dieser Antwort gefeilt, bevor sie auf *Senden* gedrückt hatte, aber dann war sie auch restlos zufrieden gewesen. Danach hatte er noch ein dunkelrotes pochendes Herz als Zeichen seiner Liebe geschickt.

Merit hätte den Chat gern noch länger fortgesetzt. Aber klar, dass Simon in seinen Ferien Besseres zu tun hatte, als nur über seinem Handy zu hängen. Bei diesem Superwetter hielt er sich vermutlich so viel wie möglich am Strand auf.

Merit lächelte bei dem Gedanken, wie er sich in die Sonne legte.

Ob er ohne Shirt wirklich so sportlich aussah, wie sie sich ihn vorstellte? Vielleicht spielte er gerade Beachvolleyball, oder er surfte, schwamm oder fuhr mit dem Segelboot raus?

Ach, sie wusste so wenig von ihm!

Aber sie hatten bei ihrem Date in den Dünen auch Schöneres zu tun gehabt, als sich zu unterhalten. In Erinnerung an seinen Kuss schloss Merit die Augen.

Wie toll wäre es, wenn er jetzt hier bei ihr wäre!

Sie nahm das Handy mit zum Nachttisch, legte sich wieder auf das Bett, drehte sich zur Seite und umarmte ein Kissen.

Sollte sie ihm noch eine Nachricht schicken?

Nein, er wusste, dass sie krank war.

Aber bestimmt vermisste er ihre Stimme genauso wie sie seine. Rief er nur deshalb nicht an, weil *sie* ihm bisher nur getextet hatte und er natürlich annehmen musste, dass ihr das lieber war? Simon war extrem feinfühlig. Er wollte sie nicht stören und dachte, dass sie sich ausruhen wollte. Ja, das würde zu ihm passen.

Blieb nur eins: Sie, Merit, würde *ihn* anrufen!

Ihr Puls brauste in den Ohren. Insekten krabbelten durch ihre Blutbahn. Sie nahm das Handy und starrte einen Moment auf das Display.

Sei mutig, Merit! Er hat dir doch deutlich gezeigt, dass er verliebt in dich ist! Er wird sich freuen mit dir reden zu können!

Ehe sie noch länger zögern konnte, hatte sie seinen Namen im Telefonverzeichnis angeklickt und lauschte dem Rufzeichen. Das Herz schlug ihr bis zum Hals.

„Oh, hi, Merit", vernahm sie kurz darauf seine Stimme.

Sie verschluckte sich, bevor sie ein Wort zustande brachte, hustete kurz und räusperte sich dann. „Hi, Simon, störe ich dich gerade?"

„Ähm, nein, nicht wirklich, ich freue mich total, dass du anrufst! Wie geht es deinem Knöchel? Mensch, das war ein Schock heute Morgen, was?"

Merit entspannte sich, während seine Stimme sie einhüllte. Sie sank in die Kissen, das Handy am Ohr, den Blick an die Decke gerichtet, an der ein paar Leuchtsterne hingen.

„Das kannst du laut sagen. Ich bin schon lange nicht mehr vom Pferd gefallen.“ Sie lachte auf. „Aber kein Wunder, der Strandsegler kam mit einem Höllentempo auf uns zu! Da musste Bonny scheuen. Zum Glück haben mich meine Freundinnen später ins Krankenhaus begleitet, und …“

„Wie lange liegst du denn flach?“, unterbrach Simon sie.

„Das weiß ich nicht so genau. Drei, vier Tage vielleicht. Bis ich das Bein wieder belasten kann. Echt langweilig so allein auf dem Zimmer.“

Sie hoffte, dass der letzte Satz beiläufig genug geklungen hatte. Ob Simon trotzdem verstand, worauf sie hinauswollte?

„Kann ich mir vorstellen“, sagte er.

Okay, sie musste deutlicher werden. „Du kannst gerne mal vorbeikommen.“

„Oh.“ Jetzt war er derjenige, der einen Frosch im Hals zu haben schien.

Merit spürte, wie ihr das Blut in die Wangen stieg und ihr Gesicht glühen ließ. „Also, nur, wenn du magst. Das war ein spontaner Gedanke, aber wenn du etwas anderes …“

„Nein, nein. Das ist eine fantastische Idee. Aber gerade heute passt es schlecht.“

Merit wäre am liebsten in einem Loch verschwunden vor Scham. Giga Fettnäpfchen. Mit Anlauf.

„Kein Problem, echt“, sagte sie schnell. „Ich dachte nur, du würdest dich vielleicht auch langweilen.“

Simon lachte. „Ohne dich ist alles öde.“ Er senkte die Stimme, und Merit wäre am liebsten in den Hörer gekrochen, so zärtlich klang das. „Aber heute ist es echt ungünstig. Ich habe mich zu einem Beachvolleyballturnier angemeldet. Da sind auch einige dabei, die ich hier im *Seaside* kennengelernt habe. Und danach ist Party am Strand. Wir sind schon fest verabredet. Ich kann das natürlich absagen, wenn du willst, aber keine Ahnung, ob die dann noch mal was mit mir unternehmen.“

„He, mach das bloß nicht!“ Merit schluckte die Enttäuschung hinunter. „Wenn du ein paar coole Leute kennengelernt hast, ist das super. Wir haben noch genug Zeit füreinander. Du bleibst zwei Wochen, nicht?“

„Jepp“, antwortete er. „Und hey, danach bin ich auch nicht aus der Welt. Nach Flensburg sind es weniger als zwei Stunden. Wir können uns so oft sehen, wie wir möchten.“

In Merits Bauch tanzten Schmetterlinge. Flatternd vertrieben sie den plötzlichen Druck im Magen. Hörte sich das nicht nach einer richtigen Beziehung an?

„Das klingt toll.“ Sie drehte sich wieder auf die Seite, um das Kissen zu umschlingen.

„Was den Besuch angeht“, sagte er. „Ein anderes Mal?“
„Gerne, melde dich, wenn du Zeit hast. Ich freue mich darauf!“
„Hab dich lieb“, flüsterte er in den Hörer. „Halt die Ohren steif, Merit.“ Dann war die Verbindung unterbrochen.
Merit drehte sich auf den Rücken, schaltete das Handy aus und legte es sich auf die Brust. Es war noch warm von ihren Händen. Sie schloss die Augen.
Simon, Simon, Simon.
Sein Name hallte in ihrem Inneren wider wie eine Lieblingsmelodie. Sie richtete sich auf, hüpfte ans Fenster und stützte die Hände auf dem Sims ab. Sie ließ die Sonnenstrahlen ihr Gesicht wärmen und den Wind in ihren Haaren spielen. Am liebsten hätte sie der ganzen Welt zugerufen: *„Er liebt mich! Er liebt mich wirklich!“* Aber das ließ sie dann doch. Es reichte, wenn sie es wusste.

Strandküsse

Als Merit am nächsten Morgen nach einer unruhigen Nacht aufwachte, ging ihr erster Blick zum Handy. Keine neue Nachricht von Simon.

Dafür hatte Lennart sie zum zweiten Mal angeschrieben: *Ich mach mir Sorgen um dich. Melde dich doch mal.*

Abgesetzt um drei Uhr in der Nacht. Hatte der ein Schlafproblem? Sie überlegte ihn gleich wieder wegzuklicken, aber vermutlich würde er dann ein weiteres Mal nachfragen, wie es ihr ging. Merit schickte eine knappe Antwort:

Alles bestens, kein Problem.

Senden und erledigt. Das sollte reichen.

Es war kurz nach acht. Wahrscheinlich noch zu früh für Simon. Aber nicht zu früh für die *Summer Girls*! Kaum hatte Merit Lennart abgefertigt, meldete sich Matilda:

Bonny ist bestens versorgt. Schlaf dich aus, Süße.

Sie hatte sich tatsächlich um das Pferd gekümmert! Auf Matilda war Verlass. Vermutlich hatte sie bereits einen Plan ausgetüftelt, wie sie sich mit Emmy und Josy bei der Pferdepflege abwechseln konnte. In solchen Dingen war Matilda Weltklasse.

Immer noch nichts von Simon.

Gestern war es sicher spät geworden auf der Party. Frühestens um zehn Uhr würde er sich melden. Hoffentlich.

Während Merit sich die Zähne putzte, schaute sie trotzdem immer wieder auf ihr Handy. Statt in Unterwäsche schlüpfte sie in ihren Bikini. Sie hatte ihn erst wenige Male getragen, meistens wählte sie den Badeanzug, weil der im Wasser nicht so leicht verrutschte. Außerdem fühlte sie sich damit angezogener und weniger schutzlos. Aber heute war ihr danach, Haut zu zeigen, wenn sie zum Faulsein gezwungen war. Diesen wundervollen Tag würde sie auf keinen Fall in ihrem Zimmer verbringen! Einen verstauchten Knöchel konnte man genauso gut am Strand auskurieren.

Über den schwarz und pink gestreiften Bikini zog sie ein Shirtkleid mit Fransen, das ihr locker über die Schulter fiel. Dazu wählte sie nicht die Sandaletten, in denen sie keinen Halt hatte, sondern die Sneakers. Die ließen sich weiten, sodass das Bein mit dem verbundenen Knöchel gut hineinpasste.

Als Merit den Fuß leicht belastete, merkte sie, dass er nicht mehr so schmerzte wie am Vortag. Auch die Schwellung war deutlich zurückgegangen.

Auf einem Bein sprang sie, sich am Geländer festhaltend, die Treppe hinab ins Erdgeschoss. Aus dem Frühstücksraum drangen bereits die Stimmen der neuen Gäste.

Merit warf einen kurzen Blick hinein und grüßte in die Runde. Rentner, allesamt. Nein, Moment. Da saß ein Paar im Alter ihrer Eltern mit einem Jungen. Viel konnte sie von ihm nicht erkennen, nur, dass er das Brötchen auf dem Teller kaum anrührte und sich stattdessen mit seinem Tablet beschäftigte. Er saß mit dem Rücken zu Merit und drehte sich nicht einmal um, als seine Eltern ihr freundlich zunickten.

Okay, den würde sie sich später mal genauer ansehen.

Sie humpelte weiter in die Küche. Nur einen Milchkaffee und ein frisches Croissant, mehr brauchte sie nicht zum Frühstück.

„Liebchen, ich mache dir gern Rühreier mit Speck. Oder magst du vielleicht noch von den Pasteten? Haben sie dir geschmeckt?“ Oma Levke trug ihre Schürze und hatte die Haare unter einem Netz verborgen. In ihrem runzligen Gesicht strahlten die Augen vor Energie. Sie rückte einen Stuhl für Merit zurecht, direkt an die Anrichte.

„Die waren köstlich, Oma! Aber heute Morgen habe ich keinen Appetit."
„Du musst essen, damit du wieder zu Kräften kommst."
Merit lachte. „Ich hab mir nur den Fuß angeknackst. Und der Knöchel ist ratzfatz wieder heil. Mir geht es heute schon viel besser als gestern!"
„Trotzdem solltest du dich schonen", beharrte Oma Levke, während sie Kaffee in die große Maschine abmaß und sie in Gang setzte. Auf dem Herd brieten in mehreren Pfannen Crêpes, Spiegeleier, Tomaten und Speck.
Merit biss die Spitze des Croissants ab und kaute lustlos. War ihr Bauch nicht bis oben hin mit Liebe gefüllt? Da war kein Platz für Gebäck.
„Ich drehe durch allein auf meinem Zimmer", sagte sie.
Oma Levke sah sie mit gerunzelter Stirn an. „Ihr jungen Dinger immer mit eurer Ungeduld! Manchmal muss man einfach abwarten und den Dingen ihren Lauf lassen."
Merit klappte der Mund auf. Hatte die Oma ihre Gedanken gelesen? Woher wusste sie, dass Merit schon wieder an Simon dachte? Nein, Oma Levke sprach nur von dem verstauchten Knöchel, nicht von Merits Liebesleben. Trotzdem war Merit an diesem Sonntagmorgen nicht bereit dazuliegen und abzuwarten. Behaupteten ihre Freundinnen nicht im-

mer, sie müsste öfter aus ihrem Schneckenhaus herauskriechen? Heute war der perfekte Tag dafür.
Bevor sie noch einen steifen Nacken bekam, weil sie sich alle fünf Minuten zu ihrem Handy beugte, um zu überprüfen, ob sie den Klingelton für ankommende Nachrichten überhört hatte, würde sie sich selbst auf den Weg machen.
„Sag mal, Oma, Papas Krücken stehen noch im Keller, oder?“
Ihr Vater war im letzten Herbst von der Leiter gestürzt und hatte sich das Bein gebrochen. Zum Glück für die Familie nicht mitten in der Saison!
Oma Levke packte Wurstscheiben, Käseaufschnitt und frischen Lachs auf ein Tablett, um das Buffet im Speisezimmer aufzufüllen. „Die stehen noch da. Und es ist keine gute Idee, damit herumzulaufen. Du sollst liegen bleiben!“ Sie wandte Merit den gebeugten Rücken zu und eilte in ihren Gesundheitsschuhen flink hinaus.
Keine gute Idee? Das war sogar die beste Idee des Sommers!
Merit beeilte sich die Küche zu verlassen, bevor Oma Levke zurückkehrte.
Zehn Minuten später hatte sie ihre Strandtasche gepackt: Sonnencreme, Proviant, ein Handtuch und ihr Phone. Die

Gehhilfen hatte sie gefunden. Nun stakste sie ungelenk aus der Haustür.

„Hast du dich verletzt?“

Sie zuckte zusammen und sah auf. Der Junge aus dem Frühstücksraum hockte mit seinem Tablet im Schatten neben den Stufen. Dabei hätte er es sich besser in einem der Liegestühle gemütlich gemacht, schoss es Merit durch den Kopf. Mit seiner blassen Haut, den murmelrunden Augen und seinem langen, von borstigen schwarzen Haaren umrahmten Gesicht war er nicht gerade ein Traumtyp. Etwas Sonnenbräune wäre ein guter Anfang.

„Sieht so aus“, antwortete sie mit einem Lächeln.

„Und jetzt machst du einen Spaziergang?“, fragte er weiter.

Das Gespräch mit ihr schien ihm wichtig zu sein. Kein Wunder. Sosehr Merit das *Haus Schönborn* und seine Gäste mochte – ein Pechvogel wie er, der mit seinen Eltern hier landete, langweilte sich sicher zu Tode.

Sie nickte. „Ich halte es bei dem schönen Wetter nicht mehr aus in meinem Zimmer. Und was treibst du so?“

Er zuckte die Schultern und sah sie mit weit hochgezogenen Brauen und einem Schmollmund an. Auf seiner Stirn hätte genauso gut stehen können: Unternehmen wir was zusammen?

Aber das kam gar nicht in die Tüte!
Selbstverständlich war sie freundlich zu allen Gästen, aber der Job der Animateurin lag ihr nicht. „Schau dich doch mal beim *Sunny Beach* um", schlug sie vor. „Die bieten tolle Surfkurse für Anfänger und Fortgeschrittene an."
„Ich bin eine Niete im Sport."
„Dann leih dir ein Quad beim *Strandfeuer.*"
„Keinen Bock."
Tja, vielleicht war der Kerl bei den Rentnern doch gut aufgehoben. Was für eine Schnarchnase!
Merit startete einen letzten Versuch: „Oder du legst dich an den Strand. Da trifft man immer nette Leute."
„Ich kriege sofort Sonnenbrand."
Dann eben nicht. Merit hatte alles gegeben. Sie zuckte die Achseln, so gut das mit den Krücken ging. „Sorry, ich muss los. Ich wünsch dir einen tollen Tag."
„Mach's gut." Er kratzte sich am Kopf. „Ich heiße übrigens Johannes."
„Ich bin Merit."
„Man sieht sich."
Sie schenkte ihm ein abschließendes Lächeln und spürte seinen Blick in ihrem Rücken, als sie loshumpelte.
Es erforderte ein bisschen Übung, mit den Gehhilfen klar-

zukommen, aber schon bald hatte sie den Bogen raus und schwang sich wie eine Weltmeisterin den Pfad Richtung Strand entlang.
Die Sonne knallte vom blauen Himmel wie an den Tagen zuvor. Sicher würde Simon bei diesem Wetter keine anderen Pläne haben, als am Wasser zu entspannen.
Das *Seaside* war das größte Hotel der Insel. Die Gäste hatten einen eigenen Strandabschnitt für sich. Merit musste ein Stück die Promenade entlanglaufen.
Drüben lag der weiße Holzbau des *Sunny Beach* mit der im Wind flatternden Fahne auf dem Dach. Merit erkannte Matilda in ihrem Neoprenanzug. Um sie herum saßen mehrere Kinder im Sand, ihre Minis, die an ihren Lippen hingen. Matilda war zu weit weg, um ihr etwas zuzurufen, aber als sie den Kopf in ihre Richtung wandte, winkte Merit ihr überschwänglich zu. Matilda erwiderte das Winken.
Wahrscheinlich war die Freundin überrascht, dass Merit ihr Zimmer verlassen hatte. Sie würde es ihr später erklären. Oder am besten für den Abend noch die *Summer Girls* zusammentrommeln! Mit den Krücken war sie überraschend beweglich. Auch dem Treffen am Donnerstagabend, wenn sie Emmys Geburtstag feiern wollten, stand nichts im Wege!
Allerdings gingen die ungewohnten Bewegungen auf die

Kondition. Merits Arme fühlten sich mittlerweile wie taub an. In ihrem Nacken perlten Schweißtropfen den Rücken hinab.

Merit griff in ihre Tasche und zog die Sonnenbrille hervor.

Am Strandkorbverleih von Josys Eltern herrschte um diese Uhrzeit Hochbetrieb. Überall zogen Familien und Paare mit ihren schweren Taschen zu den besten Plätzen direkt am Wasser. Zwischen den Körben bauten Kinder ihre Burgen, in der flachen Dünung spielten mehrere Jugendliche mit Frisbees. Weit draußen glitten die erfahrenen Windsurfer über die Wellen und noch weiter in Richtung Horizont leuchteten die weißen Dreiecke der großen Segelboote auf dem Blau. Die Sonne ließ das Meer silbern glitzern.

Josy sprang hier sicher irgendwo herum. Aber auch sie würde Merit am Abend treffen. Kein Grund also, jetzt nach ihr zu suchen. Außerdem pikste es immer noch im Herzen, dass Josy auf ihre Liebesgeschichte so mies gelaunt reagiert hatte.

Einige Minuten später stand Merit vor dem Gebäudekomplex des *Seaside*, stützte sich auf die Gehhilfen und schnaufte tief durch.

Weiter hätte sie es nicht geschafft. Bloß nicht an den Rückweg denken. Bis dahin würde sie sich hoffentlich erholt haben.

Vom Rand der Promenade überblickte sie den Strand. Grü-

ne Liegen mit Sonnenschirmen in Reih und Glied, dazwischen Decken und Handtücher der Gäste. Links befand sich das Beachvolleyballfeld, auf dem Simon gestern Abend sein Match ausgetragen haben musste.
In der Geschäftszeile unter dem Hotel hatten Händler ihre Waren ausgelegt: Sandspielzeug, Gummitiere, Luftmatratzen, T-Shirts mit dusseligen Sprüchen.
Das Gedränge wurde immer dichter. Aber sosehr Merit auch versuchte jemanden zu erkennen – von Simon keine Spur. War sie den weiten Weg umsonst gegangen? Wo konnte er um diese Uhrzeit und bei diesem Traumwetter sonst sein?
Sie wollte gerade die Treppe zum Strand hinabsteigen, als es hinter ihr laut wurde.
Als sie sich umwandte, sah sie mehrere junge Leute auf Motorrollern in Richtung des Fahrradabstellplatzes fahren. Die Spaziergänger auf der Promenade wichen empört aus. Einer der Fahrer hielt mit seiner silbernen Vespa direkt auf sie zu. Die anderen folgten ihm.
Merit hob angriffslustig das Kinn. Denen würde sie erzählen, was auf der Promenade erlaubt war und was nicht! Ging ja gar nicht, dass die hier so rücksichtslos herumkurvten!
Merit war zwar für ihre zurückhaltende Art bekannt, aber wenn es um ihre Insel ging, wurde sie zur Löwin.

Der Typ nahm den Helm ab und grinste sie an.
„Simon?“
Die Löwin verkrümelte sich in die Savanne, zurück blieb eine verdatterte Merit.
„Na, das nenne ich mal einen Zufall!“, rief Simon.
„Äh, ja, Zufall, genau“, stotterte Merit. „Und was machst du hier so?“ Konnte man noch etwas Blöderes fragen? Schließlich stand sie vor seinem Hotel! Merit fühlte sich vollkommen verunsichert. Nie hätte sie damit gerechnet, ihn auf einem Roller anzutreffen, dazu noch die anderen Jugendlichen, die nun auch die Helme abnahmen. Mehrere Jungs waren darunter, aber auch ein paar Mädchen.
Simon lachte. „Das wollte ich dich auch gerade fragen.“ Er streckte die Hand aus. Sie blickte irritiert darauf, bevor sie ein paar Schritte auf ihn zuhumpelte. Er wartete geduldig, zog sie schließlich heran und drückte ihr einen Kuss auf den Mund.
Die Überraschung machte dem vertrauten Glücksgefühl Platz, das so eng mit Simon zusammenhing. Er küsste sie hier, vor allen anderen. Wenn das nicht ein eindeutiger Liebesbeweis war!
Sein Kuss war nur kurz, aber er schmeckte frisch und nach viel, viel mehr.

„Ich habe es zu Hause nicht ausgehalten und wollte mich an den Strand legen“, sagte sie.
„Und da kommst du den weiten Weg hierher?“ Simon musterte sie mit liebevollem Spott.
Merit spürte, wie ihre Wangen heiß wurden, aber sie schaffte es, lässig mit den Schultern zu zucken. „Hier ist das Wasser am schönsten.“
„Das Wasser, so, so.“ Simon hielt ihren Blick fest, und Merit fühlte nicht nur ihren schmerzenden Knöchel, sondern vor allem ihre butterweichen Knie.
„Hey, Simon, was ist nun? An den Strand oder noch eine Runde über die Insel?“ Eins der Mädchen aus der hinteren Reihe betätigte den Gashebel im Leerlauf.
„Ich brauch eine Abkühlung!“, rief Simon zurück.
Schon sammelte sich die Gang mit den Fahrzeugen am Abstellplatz, parkte ihre Roller und rannte, mit Rucksäcken und Handtüchern bepackt, durch den weichen Sand ans Wasser. Simons Freunde johlten und kreischten, als gehörte ihnen der Strand allein.
Merit schaute sich nach allen Seiten um. Als Inselmädchen mit so einer typischen Touri-Gruppe abzuhängen, galt als extrem uncool. Aber Simon sah sie mit seinen blauen Augen so bittend an, dass sie nicht widerstehen konnte.

Er nahm ihr die Gehhilfen ab und lehnte sie gegen seinen Roller. „Die brauchst du nicht mehr. Du hast ja mich", behauptete er … und schon legte er den Arm um ihre Taille.

Sie fühlte seine Hände warm und fest an der Hüfte, gleichzeitig roch sie seinen Duft nach Sonnenmilch und einem herben Deo.

Merit hätte einen doppelten Bruch in beiden Beinen haben können und wäre in seinen Armen wahrscheinlich dennoch wie auf Wolken geschwebt. Der Schmerz in ihrem Knöchel verblasste, als Simon sich wieder zu ihr vorbeugte und sie zärtlich auf die Wange küsste.

„Es ist so schön, dass du hier bist", flüsterte er ihr ins Ohr. „Ich habe dich sehr vermisst."

Er führte sie ein paar Meter abseits der anderen, die ihre Handtücher Naht an Naht gelegt hatten, bereits im Wasser planschten und sich gegenseitig nass spritzten.

Dort, wo der Sand noch trocken war, die Wellen aber nur zwei Schritte entfernt ausliefen, holte Merit ihr Tuch aus der Tasche, rollte es aus und setzte sich darauf. Simon hockte sich neben sie. Ihre angewinkelten Beine berührten sich, Haut an Haut.

Simon trug lässige Shorts, die Haare auf seinen braunen Bei-

nen schimmerten goldbraun. Er legte den Arm um Merits Schultern und sie lehnte den Kopf an ihn.
Diesen Moment für immer festhalten – das wäre es!
Sie wusste nicht, wann sie in ihrem Leben je glücklicher gewesen war. Wie hatte sie sich in den letzten Wochen, als die anderen *Summer Girls* die Liebe erlebt hatten, nach einem solchen Moment gesehnt!
„Das ist ja echt dumm gelaufen vorgestern", sagte Simon.
Merit nickte. „Ja, ich ärgere mich auch. Es ist furchtbar lästig mit dem Verband." Sie beugte sich vor und wickelte ihn ab. „Schau mal, die Schwellung ist schon gut zurückgegangen. Gestern war der Knöchel doppelt so dick."
„Klasse. Aber du darfst auch nichts überstürzen!" Er sah sie mit diesem Strahlen in den Augen an, bei dem Merit dahinschmolz wie …
„Himmel!" Sie kramte in ihrer Handtasche und holte eine Plastikdose hervor, in die sie zwei der Cupcakes gelegt hatte, die Oma Levke für das Frühstücksbuffet gebacken hatte. Sie sahen entzückend aus mit der kunstvoll aufgespritzten Sahne, den rosa und grünen Liebesperlen. Zum Glück hatten der lange Marsch und die Hitze ihnen nicht geschadet.
„Magst du?", fragte sie.
„Oh, ich sterbe für Kuchen!" Mit spitzen Fingern griff Simon

sich eins der beiden Stücke. Auch Merit nahm sich eins und biss hinein. Simon lachte, als er zu ihr herübersah, tupfte mit dem Zeigefinger einen Sahnespritzer aus ihrem Mundwinkel und leckte sich den Finger ab.

Merit glaubte, nie etwas Zärtlicheres erlebt zu haben, als ihre Blicke ineinander versanken.

„Schwimmen?“, fragte er. Er strich ihr eine Haarsträhne, die sich aus ihrem Zopf gelöst hatte, hinter die Ohren.

Merit nickte strahlend. Sie schälte sich aus ihrem Shirtkleid und sah, wie Simon sie von der Seite verstohlen musterte. Es fühlte sich ein bisschen kribbelig und unheimlich zugleich an, wie er ihre Figur mit Blicken maß.

Gefiel sie ihm?

Dass er ihr gefiel, daran gab es keinen Zweifel.

Die Badeshorts, die er unter seiner Hose trug, waren lässig geschnitten und lagen locker um seine Hüften. An ihm war kein Gramm Fett zu viel, seine Schultern waren breit und seine Haut hatte eine goldene Tönung.

Mit seiner Unterstützung schaffte sie es bis ins Wasser, erst knöcheltief, dann bis zu den Oberschenkeln, und endlich konnte sie sich fallen lassen und das kühle Nass genießen. Simon neben ihr machte einen Hechtsprung aus dem Stand.

Ihr Herz schlug so hart gegen die Rippen, dass es fast wehtat,

als Simon wieder auftauchte und sie mit beiden Händen um die Taille fasste.
Dicht zog er sie an sich heran. Sie waren inzwischen so tief im Wasser, dass nur noch ihre Köpfe herausschauten. Mit den Zehenspitzen spürte Merit den aufgewirbelten Sand unter ihren Füßen, kleine Muscheln und Steine.
Simon legte die Stirn gegen ihre und sah ihr in die Augen. Merit glaubte zu ertrinken in diesem Blick. Die Sonne und das Meerwasser intensivierten das dunkle Blau seiner Iris.
Simon löste eine Hand von ihrer Taille, legte sie in ihren Nacken und zog ihren Kopf zu sich heran, sodass sich ihre Lippen ganz nah waren. In der nächsten Sekunde küsste er sie, fest und fordernd.
Merit wollte sich erschrocken zurückziehen – aber hey, sie waren ein Paar! Da küsste man sich nicht nur mit gespitzten Lippen. Dennoch verpasste Simons fordernde Art ihrem Glücksgefühl einen Dämpfer. Dieser Kuss fühlte sich nicht zärtlich an.
Simons Hände begannen zu wandern. Sie fuhren Merits Schultern hinab und ihre Taille hinauf.
Merit stemmte sich gegen seine Brust und löste sich lachend von ihm. Sie schwamm einen Zug rückwärts, um Abstand zwischen ihren und seinen Körper zu bringen. Genauso ver-

langend wie sein Kuss schienen ihr seine Berührungen zu sein.

Verhielten sich verliebte Jungen so?

Wahrscheinlich.

Merit musste sich nur überwinden und es zulassen. Der Gedanke war richtig – er *musste* richtig sein. Aber er fühlte sich dennoch falsch an.

„Hey, was ist, gefällt es dir nicht?“ Simon lächelte sie vorsichtig an.

„Es ist wunderschön“, behauptete Merit.

„Und warum bist du dann so … abweisend?“

Merit schluckte trocken. Sie wollte Simon auf keinen Fall das Gefühl geben, dass sie es nicht genoss, mit ihm hier zu sein. Schnell schwamm sie wieder an ihn heran. Diesmal war sie es, die sein Gesicht zwischen beide Hände nahm und ihre Lippen auf seinen Mund drückte.

„Ich habe dich lieb“, flüsterte sie – und fühlte sich wie eine schlechte Schauspielerin. Sie meinte neben sich zu stehen und sich selbst zu beobachten. Das Schlimmste dabei war, dass sie selbst sich ihre Rolle kein Stück weit abnahm. Sie benahm sich hölzern, wie ferngesteuert.

„Ich dich auch“, erwiderte Simon lächelnd, löste sich von ihr und schwamm mit drei kräftigen Kraulzügen ins seichtere

Wasser. Gischt spritzte auf, als er mit großen Schritten an den Strand zurücklief. Merit folgte ihm humpelnd.
Sie legten sich auf die Decke, aber es war anders als vor ihrem kurzen Ausflug ins Wasser. Simon sah immer wieder zu der Gruppe hinüber, mit der er unterwegs war.
Auch Merit konnte ihre gemeinsame Zeit nicht mehr wirklich genießen. Zu viele Gedanken wirbelten durch ihr Gehirn. Hatte sie es vermasselt? Er hatte sie doch nur geküsst, als wollte er sie nie mehr wieder loslassen. Beim nächsten Mal würde sie seinen Kuss auf die gleiche Art erwidern. Mit viel Leidenschaft und Liebe.
Trotzdem war sie seltsam erleichtert, als Simon sich neben ihr aufrichtete und meinte: „Du, bei den anderen scheint es ganz lustig zu sein."
Sie nickte, kam aber seiner Frage zuvor, ob sie sich zu seinen Leuten legen wollten, die gerade lachend eine Getränkedose herumreichten. „Ich muss sowieso zurück", sagte sie. „Meine Eltern machen sich sicher Sorgen. Ich habe ihnen gar nicht erzählt, dass ich an den Strand gehe." Das stimmte zwar nicht, aber irgendwie schien es besser so zu sein.
Simon zog eine traurige Miene, beugte sich zu ihr hinab und küsste sie auf die Wange. „Okay, lass uns schreiben, ja? Und dann machen wir was aus, nur für uns."

Ein wunderbarer Gedanke! Sobald ihr Knöchel wieder heil war, würde sie mit Simon zusammen die Insel unsicher machen und ihm die schönsten Flecken zeigen, an denen man sich heimlich küssen konnte. Zärtlich – und stürmisch!
Sie trocknete sich ab und warf Simon einen Blick hinterher. Er drehte sich im Laufen um, als spürte er es, und schickte ihr einen Luftkuss, den sie glücklich erwiderte.

Ein schrecklicher Verdacht

„Und dann hat er den Arm um mich gelegt und mich ins Wasser geführt. Das war himmlisch!“ Merit schloss verträumt die Augen. Sie lag in ihrem Zimmer auf dem Bett. Josy hatte es sich am Fußende bequem gemacht, Emmy hatte sich den Sitzsack gesichert, und Matilda saß verkehrt herum auf Merits Schreibtischstuhl.

Der Ausflug am Vormittag hatte Merit mehr angestrengt als vermutet. Als sie wieder zu Hause eingetroffen war, hatte sie es kaum erwarten können, sich endlich hinzulegen und alle viere von sich zu strecken. Der Rücken ihres Strandkleides war nass geschwitzt gewesen, ein paar Haarsträhnen hatten ihr zottelig ins Gesicht gehangen. Zum Glück waren ihr weder ihre Eltern noch Oma Levke begegnet, sodass sie sich ohne weitere Erklärungen in ihr Zimmer zurückziehen und ausruhen konnte.

Wir müssen uns treffen!
Das war die Nachricht, die sie am Nachmittag an ihre Freundinnen abgesetzt hatte.
Auf jeden Fall! Heute kommen wir aber zu dir, oki?
Matilda hatte als Erste geantwortet. Merit merkte wieder einmal, wie wichtig es war, so gute Freundinnen zu haben. Matilda wusste sofort, dass es Merit schwerfallen würde, am Abend den Weg zum *Sunny Beach* zurückzulegen. Außerdem stand bei ihr und Emmy jeden Sonntag die Willkommensfeier für die neuen Gäste des Bossenhofs an – und die beiden nahmen sich trotzdem Zeit für Merit. Denn auch Josy und Emmy hatten sofort zugestimmt, und so saßen sie jetzt zusammen und ließen sich von Merit auf den neuesten Stand bringen.
„Und dann? Seid ihr weit hinausgeschwommen?" Emmy sah Merit mit großen Augen an. Auch wenn man es der immer schwarz gekleideten Emmy auf den ersten Blick nicht zutraute, war sie eine ausgezeichnete Schwimmerin. Wenn sie nicht gerade las, war sie am oder im Wasser anzutreffen.
Matilda grinste. „Bestimmt nicht, oder? Ans Schwimmen denkt man da doch nicht."
Merit zwinkerte den beiden zu. „Er hat mich an sich gezogen und mir einen langen Kuss gegeben. Das war so romantisch

im Wasser! Und ich habe ihn von den Zehen bis zum Kopf gefühlt. Überwältigend, sag ich euch."

„Küsst er gut?", wollte Emmy wissen.

Merit schluckte. Natürlich küsste er gut. Dass sie, Merit, sich so sperrig verhalten hatte, musste allerdings keiner wissen – nicht einmal ihre besten Freundinnen.

Sie nickte. „Er ist ein Naturtalent, würde ich sagen."

„Oder er hat eine Menge Erfahrung." Alle starrten zu Josy. Es war das Erste, was sie von sich gab, nachdem die *Summer Girls* sich begrüßt hatten. Ihre Miene wirkte ungewöhnlich verschlossen, um ihren Mund lag ein harter Zug, den man nicht an ihr kannte. Sonst war sie ein Sonnenschein und immer in Partylaune.

„Ja, warum auch nicht?" Der Gedanke, dass Simon schon jemanden vor ihr geküsst hatte, schmeckte wie Zitronen. Aber Josys Einwurf war nicht ganz abwegig. „Es wäre doch seltsam, wenn ein toller Typ wie er noch keine Freundin gehabt hätte, oder?" Merit hoffte, dass sie selbstsicher genug klang.

Josy biss sich auf die Lippen, als müsste sie eine Erwiderung niederringen. Merit tat, als bemerkte sie es nicht, aber Matilda und Emmy ließen sich nicht so leicht abspeisen.

„Was ist denn mit dir los, Josy?", fragte Matilda. „Was soll die komische Andeutung?"

„Genau“, stimmte Emmy ihr bei. „Warum tust du so geheimnisvoll?“
Josy verschränkte die Hände hinter dem Kopf und streckte die Beine lang aus, sodass sie übers Bett hinausragten. Sie schien immer noch innerlich mit sich zu kämpfen. „Ich habe die Gruppe um Simon am Strand gesehen“, sagte sie schließlich.
„Ja, ich weiß“, erwiderte Merit. „Er hat ein paar Freunde im *Seaside* gefunden, mit denen er etwas unternehmen kann. Das ist doch super, oder? Ich hätte gar nicht immer Zeit, um ständig mit ihm zusammen zu sein. Aber er hat die anderen gleich stehen gelassen, als er mich getroffen hat.“
„Mag sein“, erwiderte Josy. „Euch beide habe ich nicht gesehen, aber die Gruppe hat Lärm wie eine Büffelherde gemacht. An denen kam keiner vorbei. Am Ende haben sie ihre Getränkedosen im Sand liegen lassen. Tolle Einstellung, was?“
„Und daraus schließt du jetzt, dass er nicht der Richtige für mich ist, oder was?“ Merit ballte die Hände zu Fäusten. Sie war öfter mal sauer auf Josy. Aber da ging es um nebensächliche Dinge wie das Outfit oder Ähnliches. Diesmal war Merit wirklich *wütend*. Gönnte Josy es ihr nicht, dass sie endlich Glück in der Liebe hatte?
Auch Matilda und Emmy starrten Josy an, eher fragend als

zornig. Josy wich ihren Blicken aus. „Nein, daraus nicht. Ich habe die Dosen entsorgt. Das war ja keine zehn Meter von unseren Strandkörben entfernt. Es sah so aus, als hielten wir unseren Laden nicht in Schuss. Keine gute Werbung."

„Na toll", zischte Merit. „Und jetzt willst du von uns die Umweltmedaille? Das hätte jede von uns gemacht!"

Josy schaute Merit abschätzend an. Merit lief ein Schauer über den Rücken, aber sie erwiderte den Blick fest. Schließlich nickte Josy. „Okay, dann also die ganze Geschichte? Wie du willst. Gegen Mittag wollte ich einen der Körbe mit dem Gatter versperren, weil die Leute, die ihn gemietet hatten, zum Essen gegangen waren. Und jetzt dürft ihr raten, wer es sich darin gemütlich gemacht hatte?"

Merit verspürte nicht die geringste Lust auf Ratespielchen. „Josy, es nervt, wenn du dich so wichtigmachst."

Josys Augen blitzten angriffslustig. „Ich mache mich nicht wichtig, ich *bin* wichtig. Und bevor ihr euch überanstrengt beim Nachdenken, sage ich es euch. In diesem Strandkorb lag dein Simon."

Merit verdrehte die Augen. „Uh, gefährlich! Er hat das Teil für ein paar Minuten unerlaubt benutzt. Hast du schon die Inselpolizei verständigt? Muss er zur Strafe jetzt drei Tage lang Krabben pulen, oder was?"

Ein paar Sekunden war es still im Raum, dann stieß Josy aus: „Meine Güte, Merit! Er saß da nicht allein!"
Merit spürte Schwindel und eine schwarze Wand aus Nebel hinter ihrer Stirn. „Was soll das heißen? Wer war denn bei ihm?"
„Ich kenne das Mädchen nicht." Josys Stimme hatte die Schärfe verloren. Zögernd fuhr sie fort. „Aber so, wie die beiden sich geküsst haben, haben sie sich nicht zufällig da getroffen."
Emmy stieß einen Schrei aus, Matilda verlor alle Farbe aus dem Gesicht, und Merit schossen die Tränen in die Augen.
Es tat weh, so verdammt weh.
Wie konnte Josy nur einen solchen Unsinn erzählen? Merit wusste die Antwort in dem Moment, als sie die Frage nur *gedacht* hatte. „Kannst du es wirklich nicht ertragen, dass ich glücklich bin?", platzte es aus ihr heraus. „Ist es so schlimm für dich, dass nach Matilda und Emmy ausgerechnet *ich* die Nächste bin und nicht du?"
Josy sprang auf und wies mit dem Zeigefinger auf sie. „Drehst du jetzt komplett am Rad? Ich bin deine Freundin! Ich erzähle dir doch keine Lügengeschichten!"
Okay, vielleicht war es falsch, Josy gleich der Lüge zu bezichtigen. Aber entweder hatte sie sich die Geschichte aus den

Fingern gesogen oder … Merit sah auf. „Du hast ihn mit jemandem verwechselt!“

Josy ließ sich wieder auf das Bett fallen. „Hey, Süße, du kannst mir glauben, ich habe meine fünf Sinne noch beieinander. Ich sage ja gar nicht, dass Simon dich nicht gernhat. Aber offensichtlich hat er auch andere gern. Sehr gern. Er wäre nicht der erste Touri, der mit jeder flirtet, die ihm unter die Augen kommt.“

„Ich kann mir das nicht vorstellen“, schaltete Matilda sich ein. Sie und Emmy hatten sich zu Merit aufs Bett gesetzt. Die eine hielt ihre Hand, die andere hatte den Arm um ihre Schultern gelegt. „Simon macht doch echt den Eindruck, als wäre er voll in Merit verschossen.“

Emmy nickte.

Merit drückte Matilda einen Kuss auf die Wange. „Danke! Simon ist auch viel zu schüchtern, um mit jeder rumzumachen. Das ist gar nicht seine Art. Josy, du hast dich geirrt. Das ist die einzige Erklärung.“

Josy betrachtete ihre Fingernägel und zog die Augenbrauen hoch. „Ich habe meine Pflicht getan und euch erzählt, was ich gesehen habe.“

„Oder was du geglaubt hast zu sehen“, erwiderte Merit trocken.

Es war schwer, Josy von einer Meinung abzubringen, auf die sie sich einmal eingeschossen hatte. Das würde Zeit und Kraft kosten. Kraft, die Merit gerade nicht hatte.
Sie lehnte sich zurück und gähnte demonstrativ. Nicht die eleganteste Art, ihren Freundinnen zu sagen, dass sie jetzt lieber allein sein wollte. Aber eine wirksame.
Matilda und Emmy standen auf. „Du musst dich ausruhen", sagte Matilda. „Das war heute ganz schön viel für dich."
Ob sie damit Merits Wanderung zum *Seaside* und zurück meinte oder Josys seltsamen Auftritt, ließ sie offen. Merit war es gleich. Sie freute sich, als auch Emmy sich mit einem Küsschen auf die Wange von ihr verabschiedete.
„Viel Spaß bei der Willkommensparty heute!", sagte sie, als die beiden zur Tür gingen.
Josy stand noch immer am Fußende des Betts. Sie sah Merit von oben herab an, dann rauschte sie an den anderen vorbei, ohne noch etwas zu sagen. Gut so. Jedes weitere Wort von ihr wäre zu viel gewesen.
Die Gedanken wirbelten in Merits Kopf herum, als sie allein war.
Josy hatte sich getäuscht.
Oder hatte sie doch absichtlich Zweifel an Simon säen wollen? Aber warum sollte Josy etwas derartig Übles tun?

Während Merit auf ihrem Bett lag, die Hände im Nacken verschränkt, den Blick auf die Leuchtsterne gerichtet, erinnerte sie sich daran, wie Josy sich an Vincent herangemacht hatte, obwohl Merit erzählt hatte, wie süß sie ihn fand.
Ein schrecklicher Verdacht keimte in ihr auf.
Vielleicht lag es weniger daran, dass Josy nicht verkraften konnte, dass sie aktuell ohne Freund dastand. Vielleicht war sie selbst an Simon interessiert?
Der Handyton für neue Nachrichten riss Merit aus ihren Gedanken.
Sie griff nach dem Telefon und in der gleichen Sekunde schlug ihr Herz einen Purzelbaum. Eine Nachricht von Simon!
Morgen Nachmittag am alten Ruderboot bei euch am Strand? Ich vermisse dich so sehr!
Merit wusste genau, welches ausrangierte Boot er meinte. Sie hatte es ihm an ihrem ersten Abend gezeigt, als ihr Weg sie in die Dünen geführt hatte. Ein romantischer Ort. Ideal, um sich in den Armen zu liegen. Und wie einfühlsam von ihm, einen Treffpunkt vorzuschlagen, der näher für sie erreichbar war.
Schade, dass Josy nicht mehr hier war. Auch sie hätte zugeben müssen, dass Simon so eine Nachricht nur schrieb, wenn er verrückt nach ihr war!

Merit wählte die Antwortfunktion. Ihre Fingerspitzen schienen zu vibrieren, als sie über das Display huschten.
Aber unbedingt! Ich freue mich auf dich. Hdl.

Spinnt die?!

„Nicht so schnell, Simon, bitte." Merit rückte ein Stück von ihm ab und ordnete ihr verrutschtes Shirt.
Sie hatte sich so auf dieses Treffen gefreut.
Auch wenn im Familienhotel gerade die Hölle los war – ihre Eltern hatten ihr gesagt, sie sollte sich erst richtig auskurieren, bevor sie wieder mit anpackte beim Zimmeraufräumen, Einkaufen und Tischdecken.
Es fühlte sich für Merit fast an wie Urlaub, und beinahe tat es ihr ein bisschen leid, dass der Knöchel so schnell heilte.
Andererseits hieß ein gesundes Bein, dass sie bald wieder mit ihrem Pferd über die Insel galoppieren konnte!
Sie vermisste die Zeit mit Bonny schrecklich. Das Gefühl, wenn Reiterin und Pferd miteinander verschmolzen, war unbeschreiblich schön. In diesen Momenten fühlte Merit sich frei von allen Sorgen, dem Stress, den die Arbeit im el-

terlichen Betrieb mit sich brachte, von den Selbstzweifeln, die sie immer wieder plagten. Dann war sie nur sie selbst. Und mit Simon hatte sie jemanden gefunden, der dieses Glück mit ihr teilte! Deshalb hatte sie heute auch umwerfend gut für ihn aussehen wollen.

Sie hatte sich lange überlegt, was sie anziehen sollte. Den *Summer Girls* hatte sie verschiedene Fotos auf die Handys geschickt, am Ende entschieden sie sich einstimmig für die weißen Jeansshorts und das korallenfarbene Shirt.

Einstimmig – das hieß in diesem Fall, dass Matilda und Emmy sich dafür ausgesprochen hatten, Josy den Chat zwar verfolgt, sich aber nicht zur Kleiderfrage geäußert hatte.

Extrem ungewöhnlich für sie.

Wahrscheinlich war sie immer noch sauer, dass Merit sie am Vorabend als Lügnerin bezeichnet hatte. Sie würde sich schon wieder abregen. Und dann würde Merit mit ihr sprechen. Josy musste einsehen, dass sie nicht immer alles wusste. Obwohl sie in Liebesdingen über die meiste Erfahrung verfügte. Auch Josy konnte sich in Sachen Jungs täuschen.

Merit hatte die weißen Sneakers abgestreift, als sie mit Simon in das Boot mit der abblätternden Farbe gestiegen war. Sie hatte zwei Strandtücher untergelegt, sodass sie weich auf dem Holzboden liegen konnten.

Das Boot befand sich am Rand der Dünen, in der Nähe von *Haus Schönborn.* Merit hatte keine zehn Minuten mit ihren Gehhilfen gebraucht, um das Versteck zu erreichen. Simon hatte bereits auf sie gewartet, am oberen Ende des Wegs lässig gegen seinen Roller gelehnt.

Heute trug er eine lange Jeans und ein Tanktop. Sein Gesicht war inzwischen tief gebräunt, die blauen Augen schimmerten, von dunklen Wimpern umrahmt. Sein Lächeln, als sie ihm entgegenhumpelte, war zum Niederknien.

Sie hatten sich gleich umarmt, er hatte sie auf den Mund geküsst und dann ihre Hand genommen, um sie zum Boot zu führen und ihr beim Einsteigen zu helfen.

Hier konnten sie sich fühlen wie zwei Schiffbrüchige, geborgen und beschützt auf dem tosenden Meer.

Sie mussten die Beine leicht anwinkeln wegen der Ruderbank in der Mitte, aber es passte trotzdem wunderbar. Ihre Knie stießen aneinander, ihre Arme hielten sich umschlungen und ihre Gesichter waren sich nah.

Merit atmete seinen Duft ein und spürte ein Prickeln auf der Haut, als er ihr ins Ohr flüsterte, dass sie das schönste Mädchen auf der Insel wäre.

Seine Lippen waren weich und fordernd zugleich. Diesmal ließ sich Merit auf das Spiel ein – bis seine Hände zu wan-

dern begannen. Eben noch hatten sie ihre Taille umfasst, nun glitten sie hoch und höher.
Merit hielt ihn auf und löste sich von ihm, um durchzuatmen. Simons Miene verfinsterte sich. Panik stieg in Merit auf. Aber sollte sie dieses unangenehme Gefühl, bedrängt zu werden, wirklich ignorieren und ihn einfach machen lassen?
Ihr Kopf rief: *Zier dich nicht so!*
Ihr Bauch protestierte: *Pass auf dich auf. Das geht zu schnell.*
Wie würden sich die anderen verhalten? Josy zum Beispiel würde sich auf Simon wälzen und dreimal so viel Leidenschaft zeigen wie er.
Obwohl zwischen Merit und ihr gerade dicke Luft herrschte, musste Merit bei der Vorstellung grinsen. Nein, Josy war kein gutes Vorbild in dieser Situation.
„Lachst du mich aus, oder was?“ Zwischen Simons Brauen stand eine Falte. „Ist irgendetwas komisch?“
„Oh, nein, überhaupt nicht.“ Merit drehte sich wieder in seine Arme, nahm sein Gesicht zwischen beide Hände und drückte ihm Küsse auf die Nase, die Wangen, schließlich auf den Mund. „Bitte entschuldige. Ich hatte noch nicht so viele Freunde, weißt du?“
Ups. War es klug, so offen zu sein?

Welcher Junge mochte schon ein Mädchen, das bei der geringsten Berührung zurückzuckte? Sollte sie nicht lieber wieder eine Rolle spielen, wie beim letzten Mal? Vielleicht würde ihr das helfen, dieses Gefühl, das sie sich so sehr herbeisehnte, *wirklich* zu fühlen?

Wenn ihr das bloß nicht so verflixt schwerfiele.

„Kein Problem, Süße." Simon entspannte sich. „Vertrau mir, dann wird alles gut."

Sie vertraute ihm ja, absolut. Und trotzdem ... „Lass uns kurz verschnaufen, ja? Erzähl mal ein bisschen von dir. Ich weiß viel zu wenig über dich."

Simon richtete sich auf und schlang die Arme um die Beine. „Was willst du denn wissen?", fragte er. „Ich bin sechzehn, komme nach den Sommerferien in die Oberstufe, wohne in Flensburg und mache hier zum ersten Mal ohne meine Alten Urlaub. Und ich habe mich in das hübscheste Mädchen der Insel verknallt. Reicht das nicht?"

Merit schluckte trotz seines Kompliments. So hatte sie sich das Gespräch nicht vorgestellt. „Schon gut", sagte sie leise. „Wir müssen nicht reden. Lass uns einfach den Moment genießen. Ist der Ausblick nicht ...?"

„Weißt du, zum Reden und um die Aussicht zu genießen, hätten wir uns auch in irgendeinem Strandcafé treffen können. Vielleicht ist das gar keine schlechte Idee! Ich könnte ’ne Cola gebrauchen.“

Mist! Merit hätte einen Picknickkorb packen können, wo er doch so auf Süßes stand. Dass sie daran nicht gedacht hatte!

Sie griff nach seiner Hand. „Hey, sei bitte nicht böse. Ich liebe es, mit dir allein zu sein. Nur wir beide. Du und ich.“

Simon nickte. Er lächelte etwas gequält. „Ich ja auch mit dir. Sorry, echt, ich weiß nicht, was mit mir los ist. Du bist“, er sah sie mit seinem Blick an, bei dem ihre Knie weicher wurden als geschmolzene Schokolade, „na, du bist einfach der Hammer. Und ich kann mein Glück kaum fassen und möchte dich am liebsten immer nur küssen und …“ Er klopfte mit der Faust gegen die Bordwand und richtete sich auf. „Entschuldige. Ich habe unser Date kaputt gemacht.“

Wie bei ihrem letzten Treffen hatte sich die Stimmung mit einem Mal geändert.

Merit schüttelte den Kopf. „Ich bin genauso schuld daran“, sagte sie leise.

Warum zierte sie sich nur so? Er tat genau, was sie sich immer erhofft hatte. Er liebte sie. Und auch sie liebte ihn! Was war da selbstverständlicher, als sich leidenschaftlich zu küssen und zu streicheln?

Ob irgendwas mit ihr nicht stimmte?

Simon schwang schon ein Bein über die Bordwand. Es war offensichtlich, dass er aufbrechen wollte. Dabei waren sie kaum eine halbe Stunde zusammen! Merit hatte bis zum Abend Zeit für ihn.

„He, weißt du was?“, sagte sie. Ihr war ein Gedanke gekommen, mit dem sie die angeknackste Stimmung retten konnte. Hoffentlich. „In zwei, drei Tagen geht es meinem Knöchel bestimmt schon wieder so gut, dass wir gemeinsam ausreiten …“

„Warte mal, ich hab eine neue Nachricht.“ Simon zog sein Handy aus der Jeanstasche und warf einen Blick darauf. Merit hatte keinen Klingelton gehört. Wahrscheinlich hatte Simon das Gerät auf *Lautlos* und *Vibrieren* gestellt, damit sie nicht gestört wurden.

Er riss die Augen auf, schluckte und warf ihr wieder diesen verzweifelten Blick zu, den sie von ihrer ersten Begegnung kannte.

„Mist“, flüsterte er. „Die anderen haben mich gestern gefragt, ob ich noch mal mit ihnen mit den Rollern über die Insel will. Ich hab zugesagt. Und dann habe ich an dich gedacht und es vergessen. Jetzt fragen sie, wo ich bleibe.“

Kein Problem. Merit liebte es, mit Simon allein zu sein. Die Hauptsache aber war, dass sie zusammen waren. Sie hatte nichts dagegen, seine Freunde zu treffen. Es konnte doch lustig sein, gemeinsam mit den anderen über die Insel zu brausen? „Das macht bestimmt Spaß." Sie richtete sich ebenfalls auf und nahm dankbar seine Hand, damit er ihr aus dem Boot helfen konnte.

Jetzt grinste auch Simon wieder von einem Ohr zum anderen. „Das ist sogar megageil!" Er führte sie den Holzweg nach oben und reichte ihr die am Roller lehnenden Krücken. „Cool, dass du das verstehst. Du bist das tollste Mädchen, das ich kenne. Ich habe so ein Glück mit dir! Also, ich melde mich, ja?"

Merit war zu perplex, um zu antworten. Sie konnte nur sprachlos zusehen, wie er sich den Helm aufsetzte, sich auf den Roller schwang und den Motor startete. Schon düste er in einer Wolke aus Staub davon.

Okay. Das war deutlich anders gelaufen, als Merit es sich vorgestellt hatte.

Überhaupt unterschied sich die Realität, einen Freund zu haben, doch ziemlich von ihren Träumen davon.

Aber Simon und sie kannten sich gerade einmal drei Tage. Wie sollte da schon alles rundlaufen? Sie mussten sich aufeinander einstellen. *Sie* durfte nicht von vornherein alles ablehnen, was ihr neu war, *er* musste bei all seinem Einfüh-

lungsvermögen noch mehr auf ihre Andeutungen achten. Oder hätte sie nur klipp und klar sagen müssen, dass sie dabei sein wollte? Ach, es war echt knifflig mit der Liebe. Aber sie und Simon, sie würden das schon hinkriegen.
Merit schwang sich auf den Holzpfad, der zum asphaltierten Weg führte. Die Gehhilfen brauchte sie kaum noch, aber sie fühlte sich sicherer und beweglicher damit.
Sie hob den Kopf. Nanu? Die zwei kannte sie doch.
„Hey, Merit!“ Emmy spurtete auf sie zu, Daniel folgte ihr mit in den Taschen vergrabenen Händen und einem Rucksack auf dem Rücken.
Merit umarmte ihre Freundin, als hätten sie sich seit Jahren nicht gesehen. So war das mit den *Summer Girls* – gestern erst getrennt, heute schon vermisst. Ihre Freundschaft schien auch so eine Art Liebe zu sein.
„Was machst du hier allein?“, fragte Emmy. Daniel war nun auch angekommen und hielt ihr die Hand zum Abklatschen hin.
Merit wackelte vielsagend mit den Augenbrauen. „Bis vor zwei Minuten war ich noch nicht allein.“ Wie am Tag zuvor wollte sie ihre Freude über Simon gern teilen. Aber es ging niemanden etwas an, wie dumm sie sich schon wieder angestellt hatte.

„Oh, wie wunderbar!“ Emmy hüpfte begeistert auf der Stelle. „Schade, dass Simon schon weg ist! Der eignet sich doch auch als Model, oder?“
„Wieso? Hab ich was verpasst?“ Merit blickte abwechselnd von Emmy zu Daniel.
„Wir haben nachher ein Treffen mit Marco von der Inselbuchhandlung. Vorher wollten wir noch Aufnahmen von Lieblingsleseplätzen auf der Insel machen.“ Daniel wies mit dem Kopf auf das alte Boot. „Emmy findet, das wäre ein malerisches Motiv.“
Emmy war schon an Merit vorbei und lief um den alten Kahn herum. Ehe Merit sich's versah, hatte Emmy sie zurück in das Boot verfrachtet und ihr ein Buch in die Hand gedrückt. „Jetzt versinke mal total in dem Roman!“
Emmys Begeisterung steckte an. Erst kichernd, dann todernst, als wäre sie von der Handlung im Buch gefangen, blätterte Merit um.
„Und streich die Haare auf die andere Seite, damit ich dein Gesicht sehe.“
Emmy bewegte sich mit dem Handy um das Boot und filmte Merit.
Zehn Minuten später waren die Aufnahmen im Kasten.
„Werde ich jetzt berühmt?“, fragte Merit lachend.

„Bestimmt!“, erwiderte Daniel. „Du siehst toll aus.“
Merit spürte, wie ihre Wangen heiß wurden. Auch wenn Daniel Emmys Freund war, freute sie sich über das Kompliment sehr. Das sagten nicht viele Leute zu ihr.
„Daniel hat recht. Du strahlst heute etwas absolut Charismatisches aus. Woran das wohl liegt?“ Emmy zwinkerte ihr zu.
Ob das stimmte? Machte die Liebe schön?
„Aber der Clip erscheint nur in deinem Kanal, oder?“, fragte Merit.
Emmy nickte. „Genau. Ich lade das gleich heute Abend hoch.“ Sie lachte auf. „Aber ich verrate nicht, wo das Boot liegt. Sonst herrscht hier morgen Hochbetrieb. Die Leute sollen eigene Lieblingsleseplätze finden. Wir liefern nur Anregungen.“
„Du könntest auch noch Josy im Strandkorb und Matilda auf der Terrasse vom *Sunny Beach* filmen“, schlug Merit vor, während sie gemeinsam den Holzpfad zum Weg zurücklegten.
Emmy und Daniel warfen sich einen komischen Blick zu. Merit stutzte. Was genau stimmte an ihrem Vorschlag nicht?
Emmy seufzte. „Josy macht sicher gerne mit.“

Daniel führte den Satz für sie fort: „Aber Matilda ist bestimmt nicht in der Stimmung, um uns die fröhliche Leseratte vor der Kamera zu geben."

Merit blieb stehen. „Ist etwas passiert?"

Emmy sog hörbar die Luft ein. „Sie hat heute mit Lasse Schluss gemacht."

„Was?!" Merit schrie auf. „Spinnt die? Das gibt es doch gar nicht! Hatten die beiden Streit, oder warum?"

Daniel hob die Schultern. „Ich war vorhin bei Lasse. Der hockt voll geknickt auf seinem Zimmer. Gestritten haben sie nicht, sagt er. Sie haben sich irgendwo in den Dünen getroffen, Matilda hat geheult und ihm einfach so hingeknallt, dass sie sich von ihm trennt. Dann ist sie davongelaufen, ohne dass er etwas dazu sagen konnte. Seine Nachrichten ignoriert sie."

„Emmy! Das können wir nicht zulassen!"

Emmys Miene wirkte für einen Moment genauso verzweifelt, wie Merit sich fühlte. Dann schüttelte sie den Kopf. „Es ist ihre Entscheidung, Merit. Ich bin natürlich gleich zu ihr gegangen, aber sie wollte mir nicht zuhören. Sie wurde sogar richtig sauer, als ich die *Summer Girls* zur Krisensitzung zusammenrufen wollte. Sie hat mir das glatt verboten." Emmy wickelte ihre Kette um den Finger.

„Meinst du nicht, wir können noch mal mit ihr reden?“, fragte Merit.

„Matilda lässt sich nicht in ihr Leben reinquatschen. Sie tut, was sie für richtig hält. Wir müssen ihre Entscheidung akzeptieren.“

„Aber die ist falsch! Sie wird todunglücklich sein ohne Lasse.“

Emmy zuckte die Achseln. Merit las in ihren Augen, dass sie es genauso sah, sich aber zurückhalten würde.

„Wir müssen dann auch mal weiter“, sagte Emmy. „Marco wartet sicher schon auf uns.“ Sie umarmte Merit. „Danke, dass du dich hast filmen lassen. Die Leute freuen sich bestimmt, mal andere Gesichter als das von mir oder Daniel zu sehen.“

„Gern geschehen“, murmelte Merit. Sie war in Gedanken nur bei Matilda. Sie spürte, dass sie die Freundin in dieser Situation nicht allein lassen durfte.

Matilda brauchte Hilfe.

Und Merit würde für sie da sein. Egal wie.

Taxi, bitte!

„Ja, schone dein Bein, Merit. So machst du es genau richtig.“ Ein Ehepaar, das zu den Stammgästen des Hotels gehörte, winkte ihr zu. Eine weißhaarige Dame, die auch im letzten Sommer schon hier gewesen war, brachte ihr ein Glas Limonade mit einem Strohhalm. Die alten Leutchen machten sich einen Spaß daraus, den Spieß umzudrehen und Merit zu bedienen. Dabei ging es ihrem Knöchel schon viel besser!

Merit hatte es sich auf einer Liege im Garten bequem gemacht, in Sichtweite der Wiese, auf der Bonny graste. Wenn sie schon mit dem Reiten warten musste, wollte sie zumindest in seiner Nähe sein. Die *Summer Girls* kümmerten sich rührend um ihn – heute hatte sogar Josy nach Merits Pferd gesehen, wie sie knapp geschrieben hatte. Aber Bonny sollte nicht das Gefühl haben, dass Merit nicht mehr für ihn da war.

Die Sonne hing tief am Himmel, brannte aber immer noch heiß. Ihr Bein hatte Merit mithilfe eines Kissens hochgelagert.

Vor einer Stunde hatte sie eine Nachricht an Matilda geschickt – nur ein kurzes *Hallo* –, aber Matilda hatte sie noch nicht erhalten. Offenbar hatte sie das Telefon ausgeschaltet.

Leitete sie an diesem Nachmittag nicht einen der Surfkurse für Fortgeschrittene? Ob sie sich jetzt überhaupt auf die Teilnehmer konzentrieren konnte?

Aber wenn jemand die Arbeit von Privatem trennen konnte, dann Matilda.

Mittlerweile.

Früher war sie aufbrausend gewesen. Die Beziehung mit Lasse hatte sie ausgeglichener werden lassen. Deshalb hatten Matildas Vater und ihr Onkel Sven ihr auch mehr Verantwortung in der Surfschule übertragen. Noch ein Argument, warum es so bescheuert war, diese Beziehung zu beenden!

„Na, brauchst du einen Krankenpfleger?"

Merit ruckte herum. Johannes. Der hatte ihr gerade noch gefehlt! Sie zwang sich zu einem Lächeln. Sofort zog er die nächstgelegene Liege so heran, dass sie dicht an Merits stand.

„Was dagegen?", fragte er.

Natürlich hatte sie etwas dagegen! Sie hatte wirklich anderes im Kopf, als den Langweiler zu bespaßen!
Johannes ließ sich jedoch bereits nieder, streckte die Storchenbeine in den Shorts aus und beugte sich über sein Tablet. Sekunden später deuteten die Pieps- und Knalltöne darauf hin, dass er sich in ein Spiel vertieft hatte.
Das war nicht unbedingt die Geräuschkulisse, die Merit an ihrer Sommersonneninsel so mochte. Aber gut, wenn er sie dafür in Ruhe ließ, wollte sie nicht meckern.
Ganz traute sie dem Frieden dennoch nicht. Sie linste zu ihm hinüber auf den Bildschirm – ein seltsam gekleidetes Männchen rannte und sprang über Hindernisse, hüpfte wahllos auf Gegenstände, die sich dann unerklärlicherweise in Gold verwandelten.
Johannes' Miene war angespannt. Er war definitiv in seine virtuelle Welt abgetaucht.
Seine Mutter schlenderte vorbei und steuerte die beiden Strandkörbe im Garten an. Sie strahlte, als sie Merit und Johannes sah. „Du hast Anschluss gefunden!", rief sie. „Wie schön!"
Seine Ohren flammten rot auf.
Merit verkniff sich ein Grinsen und nickte der Frau freundlich zu. Verständlich, dass sie sich um das Sozialleben ihres

Sohnes sorgte. Der war schon ein spezieller Typ. Aber solange er sie nur als Alibi-Urlaubsbekannte brauchte und keine weiteren Annäherungsversuche unternahm, würde sie mitspielen.

Merit verbrachte die restlichen Stunden bis zum Abend mit ihrem Handy, surfte in ihren sozialen Netzwerken, schrieb Nachrichten an Emmy und sogar an Josy, die freundlich, aber immer noch leicht distanziert antwortete, und klickte Lennart weg, als der doch tatsächlich schon wieder nachfragte, ob sie das Bein inzwischen belasten könne!

Von Simon kam keine Nachricht.

Kein Wunder, er war ja auf Rollertour mit seinen Freunden.

Zwischendurch wechselte Merit immer wieder in den Chat mit Matilda. Nein, sie hatte das Handy noch nicht wieder angemacht.

Da! Jetzt. Zwei blaue Haken zeigten an, dass Matilda Merits *Hallo* erhalten hatte. Merit wischte zur Telefonfunktion, wählte Matilda an und hielt das Handy ans Ohr.

„Matilda, endlich!", rief sie in den Hörer.

Johannes neben ihr zuckte so stark zusammen, dass ihm das Tablet auf die Wiese fiel. Oma Levke schob den Kopf aus der Tür. Merit winkte ihr zu und lächelte entschuldigend. *Alles in Ordnung, Oma.* Sie senkte ihre Stimme: „Emmy hat er-

zählt, was passiert ist. Du darfst ihr deshalb nicht böse sein, ja? Seitdem versuche ich dich zu erreichen.“
Am anderen Ende schwieg Matilda. Und was war das? Ein Schniefen?
Tatsächlich, als Matilda sprach, hörte Merit die Tränen in ihrer Stimme: „Ich hatte Kurse am Nachmittag.“
„Trotzdem kannst du das Handy anlassen, damit du Nachrichten bekommst! Das machst du sonst auch so!“
„Ich will keine Nachrichten.“ Merit hörte, wie Matilda sich die Nase putzte. „Und ich hätte euch das schon noch gesagt.“
Sie klang verärgert, aber darauf konnte Merit keine Rücksicht nehmen.
„Hey, wir sind deine Freundinnen! Wir *müssen* es wissen, wenn du mit der Liebe deines Lebens Schluss machst!“ Sie achtete darauf, bestimmt zu klingen, aber auch nicht unbedingt alle im Garten mithören zu lassen, was passiert war. Zum Glück verwandelte Johannes neben ihr wieder hoch konzentriert Regenschirme und Mülltonnen in Gold.
Am anderen Ende der Leitung wimmerte Matilda. Merit fühlte die eigenen Tränen aufsteigen. Es tat ihr so leid, dass ihre Freundin unglücklich war!
„Merit, das ist lieb von dir. Aber ich muss da jetzt alleine durch, verstehst du? Mir kann keiner helfen.“

„Ich würde dich gern in den Arm nehmen und dich trösten."
„Ich melde mich wieder, okay? Ich brauche erst einmal Zeit für mich."
Merit nickte, bevor ihr einfiel, dass Matilda das nicht sehen konnte: „Fällt mir schwer. Aber ja, klar. Und du weißt, dass wir immer für dich da sind, nicht?"
„Mir ist das im Moment zu viel. Ich habe echt keine Lust, erklären zu müssen, was ich getan habe, schon gar nicht Josy, die immer alles so leichtnimmt. Oder Emmy. Die ist selbst bis über beide Ohren verliebt. Und dir geht's ja genauso. Ich glaube, ihr könnt mich im Moment gar nicht richtig verstehen."
Merit wäre am liebsten durch den Hörer gekrochen, um ihrer Freundin nah zu sein. *Doch!*, wollte sie sagen. Wir verstehen dich. Besser als alle anderen Menschen auf der Welt. Und genau deshalb sollten wir bei dir sein.
Aber bevor sie dieses Gefühl in Worte packen konnten, verabschiedete Matilda sich und legte auf.
Für einen Moment hörte Merit nichts weiter als ihren eigenen Herzschlag. Dann nahm sie das Brausen des Meeres wieder wahr, gleich hinter den Dünen, das Zwitschern der Vögel in den Buchen, die das Hotel umstanden, und die dusseligen Töne

aus Johannes' Tablet. Die Sonne leuchtete trotz der frühen Abendstunde immer noch hell hinter dem Dünenkamm.
Im Geiste sah Merit, wie Matilda sich in ihrem Zimmer verbarrikadierte, wie sie die Kissen nass weinte und sich so einsam und verlassen fühlte wie der letzte Mensch auf dem Planeten. Wahrscheinlich nervte auch noch Anja, die neue Freundin ihres Vaters, die an diesem Morgen angereist war. Hoffentlich versuchte sie nicht, auf mütterliche Vertraute zu machen.
Merit kam zu dem einzigen vernünftigen Schluss: Sie musste zu Matilda gehen. Jetzt sofort. Allein.
Sie musste Matilda nicht nur sagen, dass die *Summer Girls* füreinander da waren, sondern es ihr auch zeigen. Ob sie das wollte oder nicht.

„Merit? Hallo? Die Verbindung ist schlecht." Simon klang tatsächlich, als befände er sich auf dem Mond und nicht nur wenige Kilometer von Merit entfernt irgendwo auf der Insel. Immer wieder wurde ihr Gespräch raschelnd unterbrochen.
Zum dritten Mal wiederholte sie überdeutlich: „Tut mir echt leid, dass ich dich bei deinem Ausflug störe. Ich weiß ja, dass du dich darauf gefreut hast. Aber ich muss dringend zu einer Freundin und allein schaffe ich das nicht!"
Sie hatte sich nach einem kurzen Abschiedsgruß, den Johan-

nes mit traurigem Blick entgegengenommen hatte, zum Gatter aufgemacht. Bonny war sofort herangetrabt und drückte seinen mächtigen Körper gegen die Holzbohlen, damit Merit ihn streichelte.

Das tat Merit nun mit einer Hand, während sie sich mit der anderen das Handy ans Ohr drückte. Außer dass jemand im Hintergrund unter allgemeinem Johlen den Motor aufheulen ließ, drang nichts heraus.

„Simon, bist du noch da?"

„Klar doch. Immer."

„Also, zum Bossenhof kann ich mit dem Bein unmöglich laufen. Ein Bus fährt in nächster Zeit auch nicht. Kannst du mich mit dem Roller bringen?"

„Yeah, gib Stoff, Mann!" Simons Ausruf wurde von schrillem Quietschen begleitet. Da drehte wohl einer das Gas bei angezogener Handbremse auf Anschlag und ließ das Hinterrad qualmen. Das war tödlich für jeden Reifen, wie Merit von Daniel wusste. Daniels Bruder Max führte den Fahrradverleih der Familie, direkt am Inselbahnhof. Daniel half oft dort aus und regte sich immer über Kunden auf, die rücksichtslos mit Dingen umgingen, die ihnen nicht gehörten.

Merit holte tief Luft und wollte Simon zusammenstauchen, aber dann überlegte sie es sich anders. Er hatte Freunde im

Seaside gefunden. Das war für schüchterne Menschen wie sie und ihn keine Selbstverständlichkeit. Dass er jetzt über das Ziel hinausschoss, um den anderen zu gefallen, war blöd. Aber verständlich. Sie wusste ja, dass er tief im Herzen anders tickte als diese Knallköpfe.

„Simon!", rief sie. Bonny hob den Kopf und schnaubte protestierend. Merit tätschelte ihm die Flanke. Die Muskeln unter dem Fell zuckten, als wollten sie Merit zeigen, dass sie wieder einmal ausgiebig bei einem Ausritt beansprucht werden wollten. „Kannst du vorbeikommen und mich zum Bossenhof bringen?"

Es raschelte. Hielt Simon seine Hand über das Phone?

Endlich war er wieder dran. „Oh, Mann, Merit, es tut mir so leid." Zum ersten Mal im Verlauf des Gesprächs klang seine Stimme so liebevoll, wie Merit sie mochte. „Aber wir sind in der Nähe von diesem Leuchtturm. Das ist ein gutes Stück weg vom Dorf. Bis ich bei dir sein könnte, müssen wir die Roller schon wieder abgeben."

„Kannst du nicht verlängern?", fragte Merit. „Ihr habt sie doch an der Promenade ausgeliehen, oder? Die sind da eigentlich ganz unkompliziert …"

„Ja, nee, das hab ich mir auch gerade überlegt. Aber der Typ hat gesagt, dass sich nach uns noch eine Gruppe angemeldet hat und dass er alle Roller pünktlich zurück braucht. So ein Mist, echt. Ich meine, ich könnte das natürlich ignorieren und trotzdem zu dir kommen. Das wird mächtig Ärger geben, aber für dich würde ich das glatt tun."

„Quatsch!" Das fehlte noch, dass Simon ihretwegen Stress bekam! „Mir wird schon etwas einfallen", sagte Merit nachdenklich.

„Alles klar, halt mich auf dem Laufenden", antwortete Simon und legte auf.

„Ach, Bonny", stöhnte Merit. Wenn der Knöchel doch schon wieder heil wäre! Dann könnte sie ihr Pferd satteln und wäre im Handumdrehen bei Matilda.

Aber so, wie es war, brauchte Merit Hilfe und durfte dabei nicht wählerisch sein. Der Gedanke, der in ihr aufblitzte, fühlte sich an wie eine Wurzelbehandlung beim Zahnarzt. Aber es ging jetzt nicht um sie, sondern um Matilda. Für eine der *Summer Girls* musste Merit über ihren Schatten springen.

Sie zückte ihr Handy und klickte einen kurzen Chat an, der nur aus ein paar eingegangenen Nachrichten und einer knappen Antwort ihrerseits bestand.

Ihr Daumen verharrte über dem Eingabefeld, dann gab sie sich einen Ruck und schrieb los:

Hi, Lennart. Sorry, dass ich so kurz angebunden war. Viel los zurzeit. Dem Fuß geht es schon besser, danke der Nachfrage. Leider noch nicht so gut, dass ich damit zum Bossenhof laufen kann. Und da muss ich hin. Notfall!

Vor dem nächsten Satz zögerte sie und tippte dann rasch weiter, bevor sie es sich noch anders überlegte und die Nachricht löschte.

Lennart, hättest du Zeit, mich mit einem eurer Quads hinzufahren? Hättest echt was gut bei mir. Merit

„Und senden", flüsterte Merit.

Sie atmete durch. Die sanfte Brise vom Meer wehte ihr nun kühlend ins Gesicht, die Möwen kreischten …

Merit ließ fast das Handy fallen, als ein Pfeifton eine eingehende Nachricht meldete. Lennart. Das ging schnell. Noch viel schneller kam Lennart auf den Punkt.

Bin in fünf Minuten bei dir.

Ein Hoch auf die Liebe

„Was ist denn da los?“ Oma Levke flitzte durch die Hintertür aus dem Haus. Kein Wunder – das Knattern hörte sich an, als böge eine Horde Biker in die Stichstraße und machte nun vor dem Törchen zum *Haus Schönborn* halt. Dabei war es nur Lennart mit seinem Quad.

Merit unterdrückte den Impuls, sich die Hände über die Ohren zu legen. Dass so ein einzelnes Teil einen solchen Höllenlärm veranstalten konnte! Sie hatte die vierrädrigen Fahrzeuge doch schon mehrmals in Aktion gesehen. Aber so übel hatten sie noch nie geklungen. Dieses Dröhnen und Kreischen – stimmte etwas mit dem Ding nicht? Gehörte es eher in die Werkstatt als auf die Straße?

Lennart schaltete in den Leerlauf, der Motor tuckerte leise vor sich hin. Merit erkannte ihren Irrtum, als Lennart sein Handy aus einer Halterung am Lenker nahm, auf dem Display herumwischte und das Furcht einflößende Getöse erstarb. Jetzt sah sie auch den großen Lautsprecher, der hinten auf einem aus Eisenrohren gefertigten Gepäckträger befestigt war. Wahrscheinlich war die Box via Bluetooth mit dem Phone verbunden.

Mit Lennarts Maschine war alles in Ordnung. Mit seinem Musikgeschmack nicht. Der Krach machte ja Tote wieder lebendig!

Lennart klappte das verspiegelte Visier seines schwarzen Helms auf. Der Kinnschutz verdeckte den Mund, aber Merit erkannte an dem Glitzern in seinen Augen, dass er sie anlächelte. Er nahm es ihr offenbar nicht übel, dass sie erst richtig auf seine Nachrichten reagiert hatte, als sie seine Hilfe brauchte. Merit spürte einen leichten Druck im Magen.

Sie atmete durch. Sie hatte später noch genug Zeit, sich über ihr schlechtes Gewissen Gedanken zu machen – und darüber, wie sie es beruhigen konnte.

„Soll ich dir helfen?“ Lennart schwang sich von seinem Gefährt, obwohl Merit den Kopf schüttelte. Eilig trabte er ihr entgegen. Wahrscheinlich wollte er sichergehen, dass sie nicht wieder umknickte – wie beim letzten Mal, als sie behauptet hatte allein zurechtzukommen.

Am Strand war Merit gar nicht aufgefallen, wie groß Lennart

war. Sie kannte ihn von der Schule, sicher, genau betrachtet hatte sie ihn aber noch nie. Er überragte sie beinahe um einen Kopf und hatte durch den vielen Sport eine gute und selbstsichere Haltung. Seine Beine steckten in schwarzen Shorts, über dem Shirt mit dem blutroten Schriftzug trug er eine dünne Motorradjacke.

Unwillkürlich musste sie grinsen. Oma Levke dagegen runzelte die Stirn.

„Ich muss noch mal weg“, erklärte Merit ihr. „Zu Matilda. Lennart fährt mich nur hin. Gibst du Mama und Papa Bescheid? Es kann später werden.“

„Und wie kommst du nach Hause, Liebchen?“

„Ich bringe sie“, schaltete Lennart sich ein. Seine Stimme klang dumpf aus dem Helm. „Sie können sich auf mich verlassen, Frau Schönborn.“

„Das mag schon sein. Aber ich weiß nicht, ob ich mich auf *das* da verlassen will.“ Sie wies mit dem Kinn auf das Quad.

Merit lachte. Sie drückte ihrer Oma im Vorbeihumpeln ein Küsschen auf die Wange. „Keine Sorge, Lennart passt schon auf.“ Woher sie diese Gewissheit nahm, wusste sie nicht. Aber sowenig Lennarts jüngerer Bruder Leif mit dem Strandsegler umgehen konnte, so gut schien Lennart all die

rasanten Fahrzeuge zu beherrschen, mit denen er anderen auf die Nerven ging.
Lennart reichte ihr eine zweite dünne Motorradjacke und einen silbernen Helm.
Ob er immer eine zweite Jacke und einen Ersatzhelm parat hatte? Wohl kaum. Er musste sich wirklich beeilt haben, das Zeug zusammenzusuchen, nachdem sie ihm geschrieben hatte.
Es schien ihm wichtig zu sein, Leifs Fehler wiedergutzumachen.
„Die Dinger verstaue ich", sagte er und schnallte Merits Gehhilfen neben dem Lautsprecher auf dem Gepäckträger fest. Dann setzte er sich, während Merit in die Jacke schlüpfte und sich den Helm über den Kopf stülpte. Sie nahm vorsichtig hinter Lennarts breitem Rücken Platz, um mit dem verletzten Knöchel nirgends anzustoßen oder hängen zu bleiben.
„Ähm, ist das so in Ordnung?", fragte sie, als sie die Hände vorsichtig an Lennarts Seiten legte.
Lennarts Helm wippte auf und ab. „Du kannst dich auch hinten an den Streben festhalten. Aber wenn du zum ersten Mal auf einem Quad sitzt, ist es so besser." Er drehte den Helm, um Merit anzusehen. „Und schöner, findest du nicht?"
Darüber, ob es überhaupt irgendwie *schön* sein konnte, auf

diesem unheimlichen Teil zu hocken, machte Merit sich keine Gedanken. Sie war zu beschäftigt damit, eine bequeme Position für ihr Bein zu finden. „Mhm, sicher. So, es kann losgehen. Auf zum Bossenhof!"

Lennart legte den Gang ein – leider erst, nachdem er auf seinem Handy herumgewischt und den Lärm der kreischenden E-Gitarren wieder angestellt hatte. Von hinten brüllte sie jemand aus dem Lautsprecher an, dazu sägten elektrisch verzerrte Klänge. Das Schlagzeug schepperte, als schlüge Oma Levke in der Küche mit dem Fleischklopfer auf die Pfannen.

Das Quad machte einen Satz nach vorn. Merit wurde zurückgeworfen und schlang die Arme enger um Lennart, damit sie nicht hinunterpurzelte. Genau in diesem Moment sah sie Johannes, der um das Hotel geschlendert kam, eine Hand in der Hosentasche vergraben. Er blickte ihr hinterher wie der ersten Astronautin, die die Reise auf den Mond antrat.

So ähnlich fühlte Merit sich auch. Sie hob grüßend die Hand, aber Johannes' Miene verdüsterte sich nur. Er wandte sich demonstrativ ab, als interessierte es ihn nicht die Bohne, mit wem und wie sie über die Insel düste.

Komischer Kauz.

Lennart und sie schossen in Lichtgeschwindigkeit auf das

Ende der Stichstraße zu. Merit befürchtete schon, er würde durch die Hecke brechen und quer über die abgesperrten Dünen brausen, aber schon riss Lennart den Lenker nach links und das Quad beschrieb einen engen Kreis. Ein Hinterrad hob sich vom Boden, sodass das Gefährt leicht kippte. Dann stand es wieder gerade. Lennart gab Vollgas. Sie bretterten am *Haus Schönborn* vorbei und Merit schnappte nach Luft.

Hilfe, ob sie überhaupt heil bei ihrer Freundin ankommen würde?

„Da wären wir." Lennart drehte den Schlüssel um und der Motor erstarb tuckernd. Kurz darauf hatte er auch das Dröhnen aus dem Lautsprecher abgestellt.

Zum Glück! Die schrecklichen Klänge hatten nicht nur Merit die Fahrt über gequält, sondern sicher auch etliche Touristen dem Herzinfarkt nähergebracht. Immer wieder hatten einzelne Grüppchen, die den lauen Abend auf den Inselstraßen spazierend genossen, zur Seite springen müssen.

Aber Merit war dankbar, dass Lennart und sie schneller als die Feuerwehr unterwegs gewesen waren.

Jetzt galt ihre Aufmerksamkeit dem Nebenhaus des Bossenhofs. Es war, wie sämtliche Gebäude hier, mit Reet gedeckt.

Vor der Scheune, die sich direkt anschloss, standen die seltsamen Gebilde, die Matildas und Emmys Tante Maike aus Schrott fertigte. Hofhund Sleeper hatte sich bei ihrer lautstarken Ankunft in Maike Bossens Atelier verkrochen, nun trottete er zurück zu seinem Platz und schenkte den Besuchern ebenso wenig Beachtung wie den Kätzchen, die hinter ihm hertollten.
Aus den gekippten Fenstern des Hauptgebäudes drang der Geruch nach frischer Pizza.
Merit stieg vom Quad, nahm den Helm ab und reichte ihn zusammen mit der Jacke Lennart. Er klappte sein Visier hoch. Seine Augen verrieten, dass er schmunzelte.
Merit lachte. He, sie wusste selbst, wie sie jetzt aussah! Unter dem Helm hatte sie geschwitzt. Dicke, feuchte Strähnen klebten ihr an der nassen Stirn, der Rest ihrer blonden Haare war oben platt gedrückt und an den Spitzen verfilzt. Zum Glück war Simon nicht in der Nähe!
„Danke noch mal“, sagte sie, als Lennart abstieg und ihr die Gehhilfen reichte. Ihre Hände berührten sich kurz.
„Immer gerne.“ Lennart lehnte sich gegen das Quad. „Jetzt habe ich also was gut bei dir?“
„Genau. Melde dich, wenn du mal Hilfe brauchst. Tschau!“
Sie humpelte zur Tür und konzentrierte sich auf die vor ihr

liegende Aufgabe. Was machte sie, wenn Matilda sie gar nicht hereinließ?
Die Antwort war klar: Sie würde sich auf die Stufen setzen und so lange warten, bis Matilda sich trösten lassen *musste.* So!
Merit hatte kaum die Hand nach der Klingel ausgestreckt, als die Tür schon aufschwang. Allerdings öffnete ihr nicht Matilda oder deren Vater Nils, sondern eine hübsche Frau mittleren Alters. Das musste Anja sein. Zoes Mutter.
„Merit, richtig?“ Anjas braune Augen schimmerten warm, als sie Merit hereinbat. „Matilda hat mir schon Fotos gezeigt von sich und ihren Freundinnen.“
Bestimmt nicht freiwillig, dachte Merit.
„Ich habe mich darauf gefreut, euch kennenzulernen“, fuhr Anja fort. Ihr Blick ging an Merit vorbei in den Hof. „Und das da ist …?“
Merit war nicht bewusst gewesen, dass Lennart noch nicht abgefahren war. Wahrscheinlich wählte er auf seinem Handy noch den nächsten Song aus, mit dem er auf seiner Heimfahrt die halbe Insel beschallen würde. Ohne sich umzudrehen, antwortete sie: „Das ist nur Lennart, ein Bekannter. Er hat mich hergebracht.“ Sie schüttelte Anja die Hand. „Ich bin Merit, ja. Ist Matilda da?“
Anja nickte. „Sie ist oben.“ Sie trat zur Seite und verschwand

mit einem Lächeln in Richtung Wohnzimmer. Nils Bossen schien noch nicht zu Hause zu sein, zumindest hörte Merit nichts von ihm. Wahrscheinlich hatte er noch im *Sunny Beach* zu tun.

So übel schien diese Anja doch tatsächlich nicht zu sein. Eher nett. Aber das war ja gerade Matildas Problem.

Merit seufzte und nahm die Treppe nach oben. Sie legte die letzten Schritte entschlossen zurück und klopfte an Matildas Tür.

Aus dem Zimmer schniefte es. Dann erklang Matildas belegte Stimme. „Ich möchte meine Ruhe haben, Anja. Das habe ich doch schon gesagt."

„Ich bin's, Merit. Darf ich reinkommen?"

Keine Antwort.

Merit wertete das als ein *Ja*. Sie schob die Tür auf.

Auf dem Bett saß, die angewinkelten Beine mit den Armen umschlingend, das verheulte Etwas, das ihre Freundin Matilda sein sollte. Neben ihr lag ein mit Muscheln besetztes Kästchen.

„Oh, Süße, du siehst schlimm aus!" Merit nahm Matilda in die Arme. Sie spürte, wie Matilda einen Moment zögerte, bevor sie hemmungslos zu weinen begann. „Schschsch." Merit streichelte ihr über den Rücken.

Neben Matildas Kästchen lag ein Foto von ihr und Lasse. Sie standen vor dem Flieger, der Lasses Vater gehörte und in dem die beiden erst vor wenigen Tagen eine Runde über die Insel gedreht hatten. Lasse strahlte in die Kamera wie ein Honigkuchenpferd. Matilda sah ihn mit einem glücklichen Grinsen von der Seite aus an.

Merit konnte es immer noch nicht verstehen. Warum wollte Matilda das aufgeben?

Matilda tastete schniefend nach einem Taschentuch auf dem Nachttisch. Sie putzte sich die Nase, knüllte das Tuch zusammen und warf es zu den unzähligen anderen auf dem Boden vor dem Bett.

Merit stand auf, humpelte zum Fenster und riss es auf. Ein Schwall frischer Luft schwappte herein.

Das Foto auf dem Bett war nicht das einzige Bild von Lasse und Matilda im Zimmer. Vom Schreibtisch lachten ihr die beiden in Neoprenanzügen entgegen. Matilda trug ihr Board, Lasse schien sich von hinten angeschlichen zu haben und umarmte sie stürmisch. Ob Emmy das Foto geschossen hatte? Wahrscheinlich.

Im Regal daneben: Matilda und Lasse. Lasse allein. Wieder die beiden. Lasse in Großaufnahme.

Lasse, Lasse, Lasse.

Überall.
Wieso um Himmels Willen musste Matilda über eine Trennung hinwegkommen, die vollkommen bescheuert war?! Es war doch offensichtlich, dass sie Lasse nach wie vor liebte!
„Du hast Angst, verletzt zu werden", sagte Merit. „Oder?"
Matilda sah sie aus rot geränderten Augen an. Merit setzte sich neben sie.
Sagte ihr nicht gerade Matilda immer wieder, dass sie mehr aus sich herausgehen solle? Dass sie ihre Ansichten vertreten und sich nicht immer an anderen orientieren müsse? Gut. Jetzt war es soweit.
Auch das gehörte zu einer Freundschaft: es dem anderen offen zu sagen, wenn er Mist gebaut hatte.
„Du hast Angst vor dem Liebeskummer, wenn eure Fernbeziehung nicht funktioniert", sagte sie und hob die Hand, als Matilda antworten wollte. „Das kann ich verstehen, absolut. Es ist schrecklich, den Menschen, in den man verliebt ist, nicht ständig um sich zu haben."
Ja, sie konnte es wirklich nachvollziehen. Hatte es nicht jedes Mal in ihr gepikst, wenn Simon ihr wegen seiner neuen Freunde abgesagt hatte? Sie hatte Verständnis aufgebracht, aber für sie gab es nichts Schöneres, als mit ihm zusammen zu sein. „Aber noch ist Lasse da", sagte sie.

Matilda rutschte nach hinten, um sich anzulehnen. „Du klingst wie Josy“, erwiderte sie. „Hab Fun, und was danach kommt, wird sich zeigen.“

Merit spürte, dass ihre Wangen glühten. In solchen Gesprächen gab tatsächlich meist Josy den Ton an. Merit wog ihre Worte genau ab. „Ja und nein. Es geht schon darum, Spaß zu haben. Das heißt aber nicht, dass einem die Zukunft egal sein soll. Wie gesagt, ich verstehe, dass du dir Sorgen machst. Bei mir und Simon sieht es doch ähnlich aus wie bei euch.“

Erst jetzt wurde ihr bewusst, wie glücklich sie sich schätzen konnte, dass Simon gerade einmal zwei Stunden entfernt wohnte. Sicher, auch das würde nicht einfach werden. Sie und Simon würden sich nicht täglich sehen können. Aber umso wichtiger war es, die schöne Zeit jetzt zu genießen! Und danach? Merit spürte nicht die drückende Angst, die Matilda dazu getrieben hatte, Schluss zu machen. Sie wusste, dass sie an ihrer Liebe festhalten würde, egal wie schwer das wäre. „Du fürchtest dich davor, dass ihr euch fremd werdet, wenn ihr euch nicht immer sehen könnt. Und dass ihr euch dann trennt.“

Matilda nickte schniefend.

„Wie würdest du dich dann fühlen? Wenn die Fernbeziehung scheitert und ihr euch in einem halben Jahr trennen würdet?“

Das war zu viel für Matilda. Sie vergrub ihr Gesicht im Kissen und weinte wieder los. Ihre Schultern zuckten. Sie streckte die Hand nach einem neuen Taschentuch aus. „Na, was denkst du denn?“, antwortete sie schluchzend. „Ich wäre am Boden zerstört!“

„So wie jetzt?“

Matilda sah auf. „Na ja – ja.“

„Du würdest dich in deinem Zimmer verkriechen, niemanden mehr sehen wollen, nicht einmal deine besten Freundinnen, und am liebsten nur noch heulen?“

Matilda nickte.

Merit breitete die Arme aus und wiederholte: „So wie jetzt?“

Obwohl Matilda immer noch die Tränen über die Wangen liefen, lachte sie glucksend. „Genau.“

„Matilda, vielleicht gibt es doch eine Mini-Wahrscheinlichkeit, dass eine Fernbeziehung gut gehen könnte, oder?“

Matilda runzelte die Stirn. Sie zuckte mit den Achseln. „Ein Prozent? Na ja, ich denke schon, ja. Aber das heißt doch nur, dass es zu neunundneunzig Prozent nicht gut geht …“

„*Jetzt* ist dein Glück mit Lasse tausendprozentig vorbei,

wenn du ihm nicht sofort sagst, wie sehr du ihn liebst! Das war's sonst, Matilda. Du hast Schluss gemacht!"

Matilda sah sie stumm an.

Merit hielt es auf dem Bett nicht mehr aus. Sie sprang auf, so gut das mit dem Bein ging, und humpelte im Zimmer auf und ab. „Was denkst du, wie oft ich mich verkriechen wollte?", fragte sie. „Vincent, Patrick und davor die anderen, in die ich verschossen war, die sich aber einen feuchten Pups für mich interessiert haben. Das hat mich jedes Mal fertiggemacht. Aber ich habe im Grunde nicht daran gezweifelt, dass ich auch einmal die wahre Liebe erleben werde."

Matilda hörte ihr mit offenem Mund zu.

„Und jetzt bin ich verliebt. Und ich werde geliebt! Es ist das schönste Gefühl der Welt! Simon und ich sind in manchen Dingen gar nicht so einer Meinung, wie es vielleicht aussieht." Sie dachte an seine fordernden Küsse. „Aber weißt du was? Das ist mir egal. Man muss sich nur auf dieses Gefühl einlassen und sein Glück festhalten." Merit sah Matilda an. „Du machst in meinen Augen einen Fehler. Du wirfst die Liebe einfach weg, statt auf dein Glück zu vertrauen."

Merit ließ sich aufs Bett neben Matilda fallen. Sie hatte alles gesagt, was sie zu sagen hatte. Was Matilda nun daraus machte, lag nicht in ihrer Hand.

Überraschung an der Pferdekoppel

Warum stand das Quad noch vor der Tür? Merit starrte auf Lennarts Gefährt und versuchte ihre Gedanken zu sortieren. Keine leichte Aufgabe – Matilda und sie hatten noch lange gesprochen, ohne dass Matilda eine Entscheidung gefällt hatte. Sie brauchte Zeit zum Nachdenken.

Der Abend war bereits fortgeschritten, als Merit das Nebengebäude verließ. Die Sonne stand so tief über dem Horizont, dass Merit für einen Moment innehielt und den beeindruckenden Farbenwechsel des Himmels betrachtete. Blau wurde zu Rot und Violett, bevor es, weiter entfernt von der langsam versinkenden Sonne, in Schwarz überging. Trotzdem hatten die Strahlen noch Kraft. Wenn das Quad noch hier war, konnte Lennart nicht weit sein.

Da saß er, drüben auf der Bank unter der Kastanie mitten im Hof. Allerdings nicht allein.

Emmys Schwester Valerie stand vor ihm und schüttelte die dünnen Haare mal rechts über die Schulter, mal links. Dabei lachte sie übertrieben heiter und zeigte ihre leicht nach vorn stehenden Zähne. Das Seepferd eben. So hatte Matilda ihre leider oft fiese Cousine getauft.

Was ging da eigentlich ab?

Lennart und Valerie? Echt jetzt?

Wahrscheinlich kannten die beiden sich von der Schule her – aber was Valerie da abzog, war deutlich mehr als ein nettes Gespräch mit einem Schulkameraden.

Und Lennart? Der lächelte Valerie an.

War er nur deshalb so scharf darauf gewesen, Merit zum Bossenhof zu fahren, weil er darauf gehofft hatte, Valerie hier anzutreffen?

Nun, Merit konnte es gleich sein.

Sie schwang sich mit ihren Gehhilfen am Quad vorbei in Richtung Landstraße, um dort von der Haltestelle aus mit dem Bus nach Hause zu fahren.

„Hey, Merit! Wo willst du hin?“ Sie hörte Lennarts schnelle Schritte hinter sich und drehte sich um. Ohne aus der Puste zu sein, erreichte er sie am Rand des Bossenhofs. „Notfall abgewendet?“, fragte er. „Um was ging’s eigentlich?“

Merit wiegte den Kopf. „Ob alles wieder gut ist, muss sich

noch zeigen. Ich habe mein Bestes getan. Und um was für eine Art Notfall es sich gehandelt hat, kann ich dir nicht erzählen, sorry. Großes Freundinnengeheimnis. Mädchenkram." Sie grinste schief. „Auf jeden Fall noch mal danke für die Fahrt. Auch wenn ich froh bin, bald wieder auf meinem Pferd unterwegs sein zu können."

Ein Gedanke blitzte in ihr auf. Hatte Lennart nicht gesagt, dass der Umgang mit einem Pferd ihn auch einmal reizen würde? Sie war ihm etwas schuldig. Auf die Art konnte sie auch hinter diese Angelegenheit einen Haken setzen. „Wie wäre es, wenn ich dir als Gegenleistung für die Fahrt eine Reitstunde gebe, sobald ich wieder fit bin?", fragte sie. „Damit du siehst, wie schön es ist, mit so einem *Gaul* unterwegs zu sein." Den kleinen Seitenhieb auf ihr erstes Treffen konnte sie sich nicht verkneifen.

Lennart lachte. Merit grinste. „Wenn du erst einmal auf einem Pferd im Morgengrauen am menschenleeren Strand entlanggeritten bist, wirst du dein Quad freiwillig zum Schrotthändler geben. Kein Vergleich, vertrau mir. Und damit sind nicht nur wir wieder quitt, sondern ich tue auch etwas Gutes für die Insel! Kein Lärm mehr, herrlich!"

„Lärm?" Er runzelte die Stirn. „Die Quads sind auch nicht lauter als ein normales Motorrad."

„Dein Quad habe ich nicht gemeint."

Lennart stemmte die Fäuste in die Hüften. „Hallo? Wie kannst du unsere Songs als Lärm bezeichnen?"

„Eure Songs ... Oh, das wart *ihr*?"

Lennart nickte und breitete die Arme aus, sodass Merit den Schriftzug auf seinem Shirt erneut in voller Länge lesen konnte. „Die *Brothers of Devil*, richtig. Lukas am Schlagzeug, Leif am Bass, und ich spiele Gitarre und singe. Du bist in den Genuss bisher unveröffentlichter Probeaufnahmen gekommen! Du solltest hin und weg sein, das war der Plan."

Wenn es nach Merit ging – und sicher auch nach dem Rest der Menschheit –, blieben diese Aufnahmen besser unveröffentlicht.

Die Überraschung schien ihr jedoch deutlich anzusehen zu sein.

Lennart lachte auf. Es klang warm und ehrlich. Er fuhr sich mit der für ihn typischen Geste durch die Haare. „Okay, das war wohl nichts. Du magst also kein Heavy Metal, gecheckt. Warum hast du nichts gesagt? Dann hätte ich es leiser gestellt."

Merit tippte sich mit dem Zeigefinger gegen die Lippen und tat, als müsste sie nachdenken. „Stimmt, das hätte ich machen können. Beim nächsten Mal weißt du ja Bescheid." Sie zwinkerte ihm zu. „Also, überleg's dir, das Angebot mit der Reitstunde steht. Bis dann!"

„Da muss ich nicht überlegen. Klar will ich! Das ist megacool. Aber hey, jetzt bringe ich dich erst mal zurück. Das habe ich deiner Oma versprochen. Und selbst wenn ich das nicht getan hätte, wäre das Ehrensache."

Merit blickte an ihm vorbei in den Hof. Valerie war vom Baum zum Quad geschlendert, das sie mit übertriebenem Interesse inspizierte. Viel neugieriger schien sie darauf zu sein, was Lennart mit Merit besprach. Immer wieder schaute sie in ihre Richtung.

Merit schüttelte den Kopf. „Echt nicht nötig. Ich nehme den Bus. Nett, dass du gewartet hast, aber ich hatte das von Anfang an so vor. Habe ich vergessen dir zu sagen, sorry." Sie grinste. „Aber ganz umsonst war die Warterei ja trotzdem nicht, was?"

In Lennarts Augen blinkten Fragezeichen. Merit wies mit dem Kinn auf das Seepferd. Lennart wandte sich um. Dann blickte er zwischen Merit und Valerie hin und her. Als Valerie ihm fröhlich zuwinkte und er den Gruß etwas zögerlich erwiderte, schwang Merit sich auf ihren Gehhilfen davon.

„Und was ist mit der Reitstunde?", rief Lennart ihr so laut hinterher, dass es alle auf dem Bossenhof hören mussten.

„Sobald ich fit bin!“, rief Merit über die Schulter zurück. „Wir schreiben, ja?“ Dann beeilte sie sich die Straße zu erreichen. Eine Sekunde später platzte sie vor Lachen! Lennart und Valerie – na so was! Wer hätte gedacht, dass sich ausgerechnet ein netter Typ wie Lennart in Emmys fiese Schwester verliebte? Das war ein gefundenes Fressen für das nächste Treffen der *Summer Girls*, oder etwa nicht? Merit konnte Emmys und Matildas ungläubige Gesichter schon vor sich sehen.
Eigentlich war es gemein, über andere herzuziehen. Aber Valerie schoss sich mit ihren Intrigen und Gemeinheiten ständig selbst ins Abseits. Das ging also in Ordnung.
Der Weg zur Straße führte an den in Hufeisenform ausgerichteten Hauptgebäuden vorbei weiter zu den Ferienhäusern, die die Bossens vermieteten. Hier gabelte er sich. Links zog sich ein weiterer Pfad an den Feldern und den Pferdewiesen entlang, auf denen Nena und Nuna standen. Die beiden süßen Ponys wurden vor allem von den Kindern geliebt, die hier Urlaub machten.
Hinter der Scheune, von der aus sie nach rechts Richtung Haltestelle wollte, stoppte Merit einen Moment. Sie verlagerte das Gewicht auf ein Bein und rieb sich die Ellbogen. Wenn der Fuß wieder geheilt war, würde sie Arme wie ein Bodybuilder haben!

Sie setzte den Weg fort … und stutzte, als sie um die Scheunenwand herumtrat. Vor ihr breitete sich die Weide aus. Die beiden Ponys rupften Gras und äugten zu zwei Leuten hinüber, die am Koppelzaun standen.
Das war doch Simon, der sich da lässig an das Gatter lehnte!
Er unterhielt sich mit einer Tussi.
Tatsächlich eine Tussi, denn wer trug sonst ein kurzes pinkfarbenes Jäckchen über dem engen Bustier und eine Jeansshorts, bei der die weißen Taschen am Saum herausguckten? Die Hälfte der weizenblonden Haare hatte sie zu einem Knoten auf dem Kopf gedreht. Ihr Lachen perlte in Merits Richtung.
Was ging denn hier ab?

Null Chance!

„Ich wäre auch lieber im *Seaside*, obwohl die Leute hier auf dem Hof in Ordnung sind."

Das Mädchen sprach laut genug, dass Merit es verstehen konnte. Sie machte instinktiv einen Schritt zurück und verbarg sich.

Das Herz schlug ihr bis zum Hals, als sie sich an die Scheunenwand drückte und lauschte.

Merit hörte Simons Lachen, dieses angenehm tiefe Lachen, das ihr ein Prickeln auf der Haut verursachte.

Nur schenkte er es in diesem Moment nicht ihr, sondern der Tussi.

„Und sie haben hübsche Ponys", sagte er.

Das Mädchen kiekste schrill. „Wenn man drauf steht? Ich kann mit den Viechern nichts anfangen."

„Geht mir genauso!", rief Simon und sein Lachen klang

plötzlich eine Spur anders in Merits Ohren. Überheblicher.
Eine schwarze Decke schien sich über ihr auszubreiten.
Was erzählte Simon da? Wie konnte er mit den Ponys nichts anfangen, wenn er doch ganz wild darauf war, gemeinsam mit Merit auszureiten? Was sollte das alles?
„Aber auf dem Roller macht es Megaspaß, über die Insel zu brettern“, fuhr Simon fort. „Das gibt den richtigen Kick! Adrenalin hoch zehn! Vielleicht hast du ja Lust, mal mitzufahren?“
Merit lugte um das Scheunentor herum und sah, wie Simon die Hand hob. Auf dieselbe zärtliche Art, wie er sie berührt hatte, streichelte er nun dieser Fremden die Haare aus der Stirn!
In Merits Hals würgte es. Ihr Atem ging schwer, ihr Brustkorb schmerzte. Was war das hier? Ein erstes Date? Ein zufälliges Treffen?
Ganz egal, wie es dazu gekommen war, es war eine Katastrophe!
Simon schien es nur darauf anzulegen, während seines Urlaubs so viele Trophäen wie möglich zu sammeln. Für sie war er der schüchterne, sensible Simon. Für die Tussi der coole Draufgänger. Er erzählte wohl jeder genau das, was sie hören

wollte! Was für eine linke Masche! Wie konnte er sich nur so verstellen? Und warum gab es so viele dumme Gänse wie sie, die darauf hereinfielen?
Keine Sekunde lang war es ihm um sie, Merit, gegangen. Sie war von Anfang an nur eine von vielen gewesen.
Die unterschiedlichsten Gefühle wallten in ihr hoch. Unendlicher Schmerz. Enttäuschung. Trauer. Aber das beherrschende Gefühl war: Wut.
Wut auf sich selbst, weil sie so bescheuert gewesen war ihm zu vertrauen. Wut auf sich, weil sie seinetwegen ihre Freundin verletzt hatte, die ihr die Wahrheit gesagt hatte! Wie konnte sie das bei Josy nur wiedergutmachen?
Vor allem war da aber Wut auf Simon. Der wanzte sich wie der größte Frauenversteher an ein weiteres Mädchen heran und hielt sich gleichzeitig Merit warm. Und legte alles darauf an, mehr von ihr zu bekommen als nur Küsse!
Merit atmete ein paarmal tief durch. Diesem Mistkerl würde sie es heimzahlen!
Sie war selbst überrascht von diesem Gedanken. Bisher hatte sie sich immer in sich zurückgezogen, wenn ihr klar geworden war, dass ihre Gefühle nicht erwidert wurden. Aber so kam Simon nicht davon! Sie würde sich wegen ihm nicht die Augen ausheulen!

Tausend Ideen spukten hinter ihrer Stirn und vertrieben auch den letzten Rest von Herzweh.
Es fiel ihr erstaunlich leicht, Abschied von diesem Traum zu nehmen.
Vermutlich hatte sie es von Anfang an gewusst. Sie hatte geahnt, dass sie Simon nicht vertrauen konnte, es aber nicht wahrhaben wollen, es verdrängt und die offensichtlichen Zeichen nicht gesehen. Sie hatte den Kopf wie ein Vogel Strauß in den Sand gesteckt und gehofft, dass alles gut ausgehen würde.
Aber es war nicht gut ausgegangen, und sie musste sich der Realität stellen. Sie drückte das Kreuz durch und atmete tief ein. Zum Glück war sie nicht allein. Ihre Freundinnen würden sich mit Begeisterung auf einen Racheplan stürzen. Matilda, Emmy und hoffentlich auch Josy.
Merit würde keine Zeit verlieren und ihnen in allen Einzelheiten erzählen, was für ein falscher Typ Simon war.
Es würde guttun, sich das Herz auszuschütten und sich wieder mit Josy zu vertragen. Gleich morgen früh mussten sie sich treffen!
Ha, der Kerl würde sich noch wundern. Gegen die Power der vier *Summer Girls* hatte ein Typ wie er null Chance!

Summer Girls forever!

„Hier, nimm das.“ Josy hielt ein Kissen mit einem aufgedruckten Smiley hoch und zog den Kopf ein.

Merit ließ sich nicht lange bitten. Mit einem Karate-Schrei boxte sie auf das Grinsegesicht ein. Das leichte Stechen in ihrem Knöchel ignorierte sie. Der Fuß war schon fast wieder wie neu. An diesem frühen Dienstagmorgen war sie sogar ohne Gehhilfen zum *Sunny Beach* gelaufen und nach oben in den Dachboden gestiegen. Es ging aufwärts. Zumindest körperlich.

Josy bekam einen Lachkrampf, weil Merit das Kissen wie eine Furie malträtierte. Merit ließ nicht nach, bis Josy mitsamt dem Kissen rücklings auf die Matratze plumpste.

Matilda und Emmy grinsten vor sich hin, während Merit nicht eine Spur von Erheiterung verspürte. Im Gegenteil, je stärker sie schlug, desto mehr biss sie die Zähne aufeinander und fühlte gleichzeitig die Tränen in den Augen aufsteigen.

Es tat gut, mal wild um sich schlagen zu dürfen! Das war *so* befreiend.

Merit ließ sich mit einem Seufzer auf Josy plumpsen. Die tat, als drückte sie ihr die Luft ab, und gab komische Geräusche von sich, bis Merit sich neben sie wälzte. Ein paar Haarsträhnen klebten verschwitzt an ihrer Stirn. Ihr Atem ging keuchend.

Matilda und Emmy sprangen auf und legten sich zwischen die beiden zum Gruppenkuscheln.

„Wenn ich euch nicht hätte“, seufzte Merit.

„Dann hättest du andere“, behauptete Josy pragmatisch, wie gewohnt, und keine Spur mehr eingeschnappt.

Sie hatte Merits Entschuldigung bei ihrem Eintreffen kühl und reserviert entgegengenommen – und war ihr dann mit dem breitesten Grinsen, das Merit je an ihr gesehen hatte, um den Hals gefallen. Alles war gut.

Fast alles.

„Du musst schwören“, sagte Josy ernst, „dass du diesen Typen auf der Stelle vergisst und ihm keine Träne nachweinst.“

Merit starrte an die Decke. Genau das hatte sie vorgehabt. Keine Träne. Allerdings …

„Das fällt nicht jedem so leicht wie dir." Emmy sprach aus, was Merit dachte. „Ich kann verstehen, wenn Merit an der Sache zu knabbern hat."
„Ich komme schon klar." Merit räusperte sich, weil ihre Stimme belegt klang. „Es fühlt sich an, als wäre ich aus einem Traum aufgewacht und auf Betonboden geknallt. Ich ärgere mich echt über mich! Dass ich nicht früher gemerkt habe, was für ein Spiel er treibt. Ich meine, wie viele Mädchen datet er? Mich, die im Strandkorb, die an der Pferdeweide … So lange ist der doch noch gar nicht auf der Insel! Offenbar sucht er sich jeden Tag eine Neue und hält sich gleichzeitig die anderen warm, für alle Fälle. Mann, wie mies ist das denn? Ich würde ihn gern zur Rede stellen und es ihm irgendwie heimzahlen. Der darf nicht einfach so davonkommen, oder?"
„Kommt Zeit, kommt Rache", behauptete Josy. „Lass nicht zu, dass der Typ dein Denken beherrscht. Irgendwann wird sich eine Chance ergeben."
Merit nickte. Dann fuhr ein Stromstoß durch ihre Glieder. Wie egoistisch war sie eigentlich? Alles drehte sich um sie und diesen Typen, der es nicht wert war. Aber was war mit Matilda? Sie war schon den ganzen Morgen über still gewesen. Merit rechnete es ihr hoch an, dass sie überhaupt gekommen

war. Für niemanden von ihnen war es leicht, in der Hochsaison mal eben so die Pflichten in den elterlichen Betrieben beiseitezuschieben. Außerdem lastete immer noch die Frage auf Matilda, wie es mit ihr und Lasse weitergehen sollte.
Forschend sah Merit Matilda ins Gesicht. Vielleicht wollte sie inzwischen ihren Kummer mit Josy, Emmy und ihr teilen? Sonst wäre sie doch gar nicht erst zum Treffen erschienen, oder? „Dein Lasse ist echt eine Ausnahme", sagte sie.
Matilda lag auf der Seite und pulte mit dem Finger in einem Loch des Matratzenstoffs. Jetzt sah sie auf. Ihre Augen schienen in Tränen zu schwimmen, um ihren Mund lag ein trauriger Zug. „Ja, Lasse ist der Beste", sagte sie. „Einen wie ihn finde ich nicht mehr. Und ich will auch keinen anderen."
Emmy streichelte ihren Arm. „Deswegen solltest du dir auch noch einmal überlegen, ob du wirklich bei der Trennung bleibst. Weißt du, was ich glaube? Liebe überwindet alles."
„Liebe ist was für Fortgeschrittene!", rief Josy.
„Oder aber sie tut höllisch weh." Alle sahen Merit an. Sie hob entschuldigend die Hände. „Echt, Leute. Langsam habe ich die Nase voll. Ich habe mich so sehr danach gesehnt, Teil eines Liebespaares zu sein, und nun so ein Schlamassel. Schon wieder. Ich bin nicht mehr traurig, also fast nicht mehr. Aber ich wünschte ehrlich, ich wäre diesem Typen gar nicht erst

begegnet. Ich wünschte, ich hätte mich niemals dafür interessiert, wie es sich anfühlt zu küssen.“ Ihre Wangen brannten. „Ich bin froh, dass ich auf meinen Bauch gehört habe und dass es nur bei den Küssen geblieben ist. Die Liebe ist für mich für diesen Sommer gestorben.“

„Also, ich …“ Matilda.

„Um ehrlich zu sein, finde ich aber …“ Emmy.

„Tickst du noch ganz richtig?“ Josy.

Alle redeten gleichzeitig auf Merit ein, als wäre sie ein Alien, weil sie die Liebe so rundweg ablehnte. Was war falsch daran, wenn sie sich vornahm, sich in diesem Sommer nicht mehr zu verlieben? Ihr würde viel Ärger erspart bleiben.

„Es gibt nette Typen, die es verdient haben, dass sie uns nah kommen dürfen“, sagte Emmy. „Wir müssen nur lernen, die Guten von den Schlechten zu unterscheiden, und dürfen uns nicht hinters Licht führen lassen.“

Josy betrachtete ihre Fingernägel. „Fragt einfach mich, wenn ihr Zweifel habt.“

Normalerweise wären jetzt alle auf sie losgestürmt, aber in diesem speziellen Fall hatte sie ja tatsächlich als Einzige richtiggelegen.

Merits Handyton zeigte an, dass sie eine Nachricht erhalten hatte. Sie wischte über den Bildschirm. Als sie las, wer ihr geschrieben hatte, stieg von innen heraus eine Kälte in ihr auf. Gleichzeitig trat ihr der Schweiß auf die Stirn.

Neue Idee für ein Date? Ich bin für alles offen. Vermiss dich. Simon

„Merit? Alles okay?" Emmys Kopf schob sich vor das Display.

„Oh … ja, es ist nur Simon."

„Gib her."

So schnell konnte Merit gar nicht „Finger weg!" sagen, wie Josy das Handy griff. Sie sprang auf, wischte auf dem Display herum und begann mit beiden Daumen über die Tastatur zu gleiten. Sie zog sich dabei in die hinterste Ecke des Dachgeschosses zurück, aber Merit folgte ihr.

Sie packte Josy an der Schulter und drehte sie zu sich herum. „Wenn du das machst, sind wir keine Freundinnen mehr, das schwöre ich dir! Gib mir das Handy zurück, sofort!"

Josy zuckte zusammen. Einen Moment lang stand in ihrer Miene das Erstaunen darüber, wie tough die sonst so sanfte Merit auftreten konnte. Ihren Schrecken überspielte sie aber sofort und lächelte Merit an. „Hey, entspann dich. Du wolltest Rache, oder?"

„Das entscheide ich allein!", fuhr Merit sie an und riss ihr das Phone aus der Hand. „Mach das nie mehr, hörst du?"

Josy hob beide Arme. „Komm mal runter, Merit. Ich wollte doch nur helfen."

„Es hilft mir aber nicht, wenn du dich über mich hinwegsetzt und tust, was *du* für richtig hältst." Merit drehte sich um, ließ sich auf die Matratze plumpsen, schaltete das Handy aus und steckte es in ihre Jeans. Sie verschränkte die Arme vor der Brust.

Sofort waren Emmy und Matilda bei ihr, umarmten sie und trösteten sie.

Ein Wimmern drang zu ihnen.

Merit starrte mit gerunzelter Stirn zu Josy hinüber. Was wurde das nun wieder?

Josys Schultern bebten, sie hielt den Kopf gesenkt und knetete ihre Hände. Merit sprang auf, Emmy und Matilda folgten ihr.

Merit stellte sich dicht vor Josy und hob mit dem Zeigefinger ihr Kinn an.

Tatsächlich, Josy liefen Tränen über die Wangen! Echte Tränen!

„Hey …" Merit hatte nicht gewollt, dass ihre Freundin weinte. Das hatte sie überhaupt noch nie erlebt!

„Immer mache ich alles falsch", platzte es aus Josy heraus. „Immer verdreht ihr die Augen oder lästert über mich oder sagt, ich soll still sein. Ich wollte doch überhaupt nichts Böses tun! Ich wollte Simon schreiben, dass er ein Vollpfosten ist. Da waren wir uns doch einig, oder? Ich dachte, Merit traut sich nicht, also übernehme ich das für sie. Aber nein, da werde ich angebrüllt, weil ich was Nettes für dich tun will!" Die Tränen flossen nun richtig.

Merit legte beide Arme um sie und zog sie an sich, sodass sie an ihrer Schulter weiterweinen konnte. Sie spürte die Nässe an ihrem Shirt. „Ich habe mich blöd verhalten", flüsterte sie. „Entschuldige, Josy. Ich hätte dich nicht so heftig anmachen sollen. Aber es macht mich echt sauer, wenn du Dinge über meinen Kopf hinweg entscheiden willst. Ich weiß ja, dass du es nur gut meinst. Rede einfach vorher mit mir, okay?"

Josy nickte und schniefte. Emmy und Matilda streichelten ihren Rücken.

„Du hast eine wunderbar offene und direkte Art", sagte Matilda. „Dafür lieben wir dich. Aber manchmal muss man akzeptieren, dass die Menschen unterschiedlich ticken. Merit wird schon wissen, wie sie sich Simon gegenüber verhält. Wir können ihr Ratschläge geben, aber die Entscheidung abnehmen können wir ihr nicht."

„Wir haben dich alle lieb", fügte Emmy an.

Josy holte einmal tief Luft. Dann trat sie einen Schritt zurück,

wischte sich mit dem Handgelenk über die Augen und lächelte. Sie streckte die Rechte aus, die anderen legten ihre Hände darauf. „Was wären wir ohne uns! *Summer Girls* forever?“
„*Summer Girls* forever!“, riefen alle gleichzeitig und warfen die Arme in die Luft.

Die Sonne stand schon ein gutes Stück über dem Horizont und ließ den Himmel und das Meer in einem hellen, beinahe silbrigen Blau erstrahlen. Matilda, Emmy und Josy waren vor Merit die Holztreppe hinuntergehuscht und hatten sich Richtung Bossenhof und Strandkorbverleih gewandt. Merit sprang auf einem Bein hinab in den warmen Sand.
„Soll ich dich auf dem Fahrrad nach Hause bringen?“, fragte Josy.
Merit verneinte. „Ich darf mich im Hotel noch bis zur Party am Freitag zurückhalten.“ Sie verzog die Miene, als sie an den für die Rentner sicher spaßigen Abend dachte, den Papa Ole organisiert hatte. Für sie würde er sterbenslangweilig werden. „Die Luft ist so schön, ich will mir noch den Kopf freipusten lassen. Und das Bein kann ich fast wieder normal belasten.“
In zwei, drei Tagen würde sie gar nichts mehr spüren. Dann war der Unfall vergessen. Genau wie Simon. Hoffentlich.

Josy drückte Merit, und Merit erwiderte die Umarmung. Es tat gut, dass nichts mehr zwischen ihnen stand.
Matilda warf Merit zum Abschied einen Luftkuss zu, Emmy winkte.
Merit ging um das *Sunny Beach* herum und setzte sich auf die unterste der Stufen, die zur Terrasse hinaufführten.
Lange konnte sie nicht hierbleiben, denn wie Merit von Matilda wusste, hatte deren Cousine Valerie es sich zur Aufgabe gemacht, so früh wie möglich hier zu sein. Sie kontrollierte jeden Morgen, ob alle anderen ihre Sachen am Abend zuvor ordentlich aufgeräumt hatten.
Über Merit flatterte die Fahne im Wind, ein paar Möwen umkreisten das Dach oder staksten über den Strand, immer auf der Suche nach über Nacht angespülten Muscheln und Kleintieren.
Merit schlüpfte aus ihren Schuhen und stellte sie auf die Stufe. Sie ließ die Zehen im weichen Sand spielen, die Körner prickelten auf ihrer Haut.
Die Flut hatte einen Großteil des Strandes eingenommen, das Wasser schwappte nah heran an die vordersten Körbe drüben beim Verleih von Josys Eltern. Auf diesem Teil des Strandes versperrte jedoch kein Korb die Sicht. Weiter vorne lagen das Rettungsboot des *Sunny Beach*, ein paar Bojen und

Taue. Nur vereinzelt schlenderten schon Urlauber am Wasser entlang, ließen sich vom Sonnenaufgang und dem Duft nach unendlicher Weite verzaubern.
Ach, wie vermisste sie die Ausritte mit Bonny um diese Uhrzeit! Zwar hatte sie den *Summer Girls* bei ihrem Treffen auch gesagt, dass sie sich ab morgen wieder um ihn kümmern konnte. Aber es war etwas anderes, ob sie ihr Pferd nur versorgte oder ob sie mit ihm unterwegs sein konnte.
Merit stand auf und humpelte dicht ans Wasser heran. Sie ließ sich auf dem trockenen Sand nieder, sodass ihre Füße gerade dahin reichten, wo die Wellen noch ans Ufer leckten. Hin und wieder berührte das Wasser ihre Füße.
Sie hob das Gesicht und schloss die Augen. Die Sonnenstrahlen wärmten ihre Wangen.
Was für ein Geschenk, dass sie an einem solchen Ort leben durfte. Hatte sie nicht Grund, jeden Tag mit der Sonne um die Wette zu strahlen?
Ein Spruch fiel ihr ein, den sie auf ihrem Wandkalender gelesen und auswendig gelernt hatte, weil er ihr so gut gefiel: *Gefühle sind wie Wellen. Du kannst nicht verhindern, dass sie kommen, aber du kannst lernen, auf ihnen zu reiten.*
Ob ihr das jemals gelingen würde?
Dieses Gefühlschaos in ihrem Inneren war unerträglich.

Manchmal fühlte sie sich wie eine Feder im Sturm, unfähig die Richtung zu kontrollieren. Auch jetzt überkam sie wieder die Wut auf Simon, obwohl sie den anderen noch erklärt hatte, wie gleichgültig er ihr war. Zugleich spürte sie einen Schmerz in ihrem Brustkorb, als hätte sie sich nicht den Knöchel verknackst, sondern das Herz. Ein gewaltiger Riss schien sich quer hindurchzuziehen.

Sie grub die Hände in den Sand, spürte die weichen Körner und die feuchte tiefere Schicht.

Ein Babykrebs krabbelte aus dem Meer Richtung Strand, die Schale noch weich und hellrosa, die Füße flink. Sie nahm eine Muschel, ließ ihn hineinkrabbeln und betrachtete das kleine Tier. *Falsche Richtung*, dachte sie, *du verlierst den Kontakt zum Wasser und die Flut wird dich dort nicht mehr einholen.*

Sie warf Muschel und Krebs in die nächste Welle.

Sie glättete das Stück Sand neben sich, griff nach einem Stöckchen, das zwischen einer Handvoll Algen und Steinen lag, und zeichnete damit ein Herz auf die Fläche. Sie verwischte es wieder, malte ein Emoticon mit herabgebogenen Mundwinkeln, strich es wieder weg und versuchte sich an einer Kindersonne mit lachendem Mund.

Ach, könnte man seine Gefühle doch so einfach kontrollieren und sich aussuchen, was man gerade empfinden wollte!

Sie schleuderte den Stock in hohem Bogen ins Meer, wo ihn eine Welle verschluckte.
Merit hätte gern noch länger hier gesessen. Hier, am Wasser, hatte sie das Gefühl, endlich durchatmen zu können. Aber in einer halben Stunde würde es am Strand nur so von Touristen wimmeln. Darauf hatte sie heute keine Lust.
Sie stand auf, strich sich den Sand von den Beinen und streifte die Hände aneinander ab. Sie zog ihr Handy aus der Hosentasche und schaltete es ein. Ein Hupkonzert zeigte an, dass mehrere Nachrichten eingegangen waren.
Gib Bescheid, wenn du noch reden willst. Egal wann. Du warst für mich da, ich bin für dich da! Küsschen von bff Matilda.
Merit grinste, aber das warme Gefühl, das sich durch Matildas Worte einstellte, verschwand augenblicklich, als sie den zweiten Chat öffnete.
Du bist so still, Süße ☺ Hab Sehnsucht nach dir.
Simon.
Er hatte ein paar Selfies geschickt. Grinsend vor dem Leuchtturm am Nordende der Insel, mit Victory-Zeichen vor dem Watt auf der anderen Seite. Immer schön in Szene gesetzt, damit man gar nicht anders konnte, als ihn süß zu finden.
Merits Finger schwebte über *Löschen.* Einen Moment lang kämpfte sie noch mit sich, dann verschob sie all seine Bilder

in den Papierkorb. Sie entfernte Simon aus ihrer Kontaktliste.
Sollte er sich doch wundern, was in sie gefahren war. Sie war von nun an nicht mehr für ihn verfügbar.
Josys Idee, ihn mit wüsten Schimpfwörtern zu belegen und zu beleidigen, hatte seinen Reiz. Aber im Grunde war das verschwendete Lebenszeit. Ein Typ wie er würde sich davon nicht beeindrucken lassen.
Als sie sich zum Gehen wandte, nahm sie aus dem Augenwinkel wahr, wie zwei Strandsegler auf sie zukamen. Die beiden fuhren Schlangenlinien und das Lachen der Fahrer mischte sich mit dem Krächzen der Möwen. Die Segel blähten sich in der leichten Brise und trieben die Fahrzeuge in einem Wahnsinnstempo vor sich her. Die Piloten lehnten mit ausgestreckten Beinen in dem mit Rollen versehenen Kajak, beide trugen weiße Helme ohne Kinnschutz. In dem vorderen Segler saß … Valerie?
Tatsache.
Ihr Gesicht wirkte konzentriert, während sie das vordere der drei Räder zu lenken versuchte. Sie machte das nicht schlecht, dachte Merit. Wahrscheinlich kam ihr zugute, dass sie beim Surfen auch mit dem Wind umgehen musste.
Außerdem hatte sie einen guten Lehrer. Im hinteren Gefährt

saß Lennart. Offenbar gab er ihr vor dem Öffnen des *Strandfeuer* eine Privatstunde.
Lennart blickte in Merits Richtung. Ein Lächeln glitt über sein Gesicht. Geschickt lenkte er das Sportfahrzeug so, dass er vor ihr zum Stehen kam.
„Hey, Merit, was machst du denn so früh hier?“ Er sah suchend zu den Dünen und grinste. „Frühstück für Bonny?“
Der Gag war nicht schlecht, aber Merit hatte nach den verwirrenden Gefühlen, die sie seit gestern begleiteten wie ein zweiter Schatten, keine Lust auf Scherzchen.
„Nachzählen, ob noch alle Sandkörner da sind?“, gab sie etwas patzig zurück.
Lennart runzelte die Stirn, lächelte sie dann aber weiter an. „Okay, gib Bescheid, wenn du damit durch bist. Und wie steht es mit unserer Reitstunde? Morgen um zehn bei dir? Würde das gehen?“
Merit starrte ihn an. Hatten sie gestern nicht vereinbart, dass *sie* sich melden würde, sobald sie wieder fit war? Andererseits: Sie kam schon wieder ohne Krücken zurecht – was sprach also dagegen, Lennart am Mittwochmorgen das Reiten beizubringen? Je schneller sie die Sache in die Hand nahm, desto eher hatte sie es hinter sich. Sie nickte. „Eine Stunde, nicht länger.“

Wieder lachte er. „Deine Begeisterung ist echt ansteckend.“ Er löste die Bremse und richtete das Segel aus. „Ich freu mich drauf!“ Und schon nahm das Gerät wieder an Fahrt auf.
Merit blickte ihm und Valerie hinterher.
Da hatte sie also richtiggelegen. Lennart und Valerie. Alle fanden sich zu Pärchen zusammen, nur sie hatte mal wieder Pech!
Aber es gab so viele Dinge auf der Insel, die sie liebte: allen voran die *Summer Girls*, ihr Pferd Bonny, ihre Eltern, die Oma, die Gäste im *Haus Schönborn* ... Es gab keinen Grund für sie, Trübsal zu blasen! Sie musste sich nur auf das konzentrieren, was ihr guttat. Und genau das würde sie von jetzt an tun.

Ausritt gefällig?

„Was hast du vor?“ Merits Mutter stemmte die Hände in die Hüften und baute sich vor Merit auf.

„Lennart wartet draußen“, antwortete Merit, den Reithelm unter dem Arm, die Bänder ihrer Umhängetasche quer über der Brust. „Ich habe ihm gestern eine Reitstunde versprochen. Die bin ich ihm jetzt schuldig.“

„Wie soll das gehen mit dem Fuß?“

Merit hob die Arme und machte mit der Hüfte ein paar schwingende Tanzbewegungen. „Alles wieder gut, Mama. Ich spüre ihn kaum noch. Und der enge Stiefel stützt den Knöchel. Passt schon.“

„Dann passt es bestimmt auch, wenn du ab morgen wieder mit anpackst?“

Klar, dass die Eltern ihre Hilfe einfordern würden, wenn sie wieder wie ein junges Känguru durch die Gegend hüpfte.

„Oma war gestern ziemlich erschöpft nach dem Frühstücksbuffet“, fuhr Mama Mareike fort. „Es täte ihr gut, wenn du sie wieder unterstützen würdest.“

Merit erschrak. „Geht es ihr nicht gut? Ist etwas passiert?“

Ihre Mutter schüttelte den Kopf. „Mach dir keine Sorgen. Oma ist nur nicht mehr die Jüngste, das dürfen wir nicht vergessen.“

Die Vorstellung, dass ihre Oma bei der Arbeit zusammenbrechen könnte, verursachte Merit Übelkeit. Außerdem freute Merit sich sogar darauf, wieder im *Haus Schönborn* herumzuwirbeln, den Gästen einen schönen Sommer zu bereiten, ihren Pflichten nachzukommen und mit Bonny auszureiten. In den letzten Tagen hatte sie trotz der Stunden mit Simon oder den *Summer Girls* oft nicht gewusst, was sie mit sich hatte anfangen sollen. Jetzt war sie wieder voll da!

„Sag ihr, dass ich morgen um sieben zum Dienst antrete.“

Ihre Mutter grinste und nahm sie in die Arme. Es tat gut, ihren vertrauten Geruch nach Gartenkräutern und Vanilleshampoo einzuatmen. Viel zu selten kam es vor, dass ihre Mama sie so umschlang. Früher war das öfter passiert. Manchmal wünschte sich Merit, noch einmal Kind zu sein und alle Sorgen den Eltern überlassen zu können.

„Sag Lennart liebe Grüße. Und sei vorsichtig, wenn er noch Anfänger ist. Nicht übermütig werden, okay?"

„Keine Sorge. Und die Grüße richte ich ihm aus."

Die meisten Erwachsenen der Insel kannten sich von Kindheit an. Mit dem einen pflegte man mehr Kontakt, mit dem anderen weniger. Und immer hielt man sich auf dem Laufenden darüber, was die Kinder trieben. Das heikelste Thema war stets, ob sie nach der Schulzeit auf der Insel blieben oder sie verließen. Die meisten wünschten sich natürlich, dass sie ihre Kinder weiterhin in der Nähe hatten, logisch!

Von Lennart und seinen Brüdern wussten die Schönborns, dass sie genauso gern wie Merit im Familienbetrieb aushalfen und die Hoffnung bestand, dass sie ihn eines Tages übernahmen.

Eine Insel, der die Einwohner schwanden, die nur noch aus Touristen-Hochburgen wie dem *Seaside* und Zugewanderten bestand, verlor schnell ihren Charme und ihre Einzigartigkeit. Die Insulaner taten viel dafür, einer solchen Entwicklung entgegenzuwirken.

Als Merit aus dem Haus trat, sah sie zum Himmel. Zum ersten Mal seit Tagen zogen Wolken über das Blau. Die Temperaturen waren angenehm und vom Meer her frischte es auf. Lennart wartete bereits bei seinem Quad an der Stichstraße

vor dem Hinterhof. Merit hatte das Knattern gehört. Ohne Metal Rock diesmal! Sie grinste.
Allerdings war Lennart nicht allein. Johannes hatte sich tatsächlich von seinem Tablet getrennt und schlich um das Quad herum.
Merit begrüßte Lennart und lächelte Johannes an. „Heute keine virtuellen Kämpfe?“
Johannes zeigte beim Lachen eine niedliche Lücke zwischen den Zähnen. Die war Merit bisher gar nicht aufgefallen. Wie auch, wenn er immer verbissen auf den Bildschirm starrte? Er sollte öfter lächeln, das stand ihm gut. Überhaupt wirkte er heute verändert. Irgendwie frischer. Lebendiger.
„Meine Eltern haben mir das doppelte Taschengeld gegeben, damit ich heute unter Leute gehe.“ Er breitete die Arme aus. „Und – *tada!* – hier bin ich!“
Merit lachte. Witzig konnte er also auch sein.
Lennart räusperte sich. „Also, wenn du magst, schau mal bei uns vorbei. Das *Strandfeuer* kannst du nicht verfehlen. Immer die Promenade entlang. Mit der zusätzlichen Kohle kannst du dort eine Menge Spaß mit unseren Strandseglern und Quads haben.“
„Das klingt gut.“ Johannes’ Augen funkelten, als er an Merit vorbei zu Lennart blickte.

Aha, seltsam. Bei Merit hatte er keinen Bock auf Action gehabt, bei Lennart schon?
„Kannst du mir denn zeigen, wie das funktioniert?"
„Du bekommst eine Einführung, bevor wir dich mit dem Ding auf die Allgemeinheit loslassen, klar. Aber ich bin jetzt erst mal mit Merit unterwegs. Mein Bruder Lukas …"
„Wann bist du wieder da?"
Lennart überlegte. „Merit und ich haben eine Stunde verabredet, später habe ich noch einen anderen Termin. Heute Nachmittag, gegen fünf?"
Ein Strahlen ging über Johannes' Gesicht, bevor er die Hand zum Abschied hob. „Super, ich freu mich. Bis dann!"
Merit und Lennart wandten sich der Wiese neben dem *Haus Schönborn* zu. Dort wartete Bonny bereits und reckte interessiert die Ohren in ihre Richtung.
Ach, wie schön es wäre, *richtig* mit ihm auszureiten! Merit wollte seine Bewegungen unter sich spüren, wollte den Wind im Gesicht haben, davongaloppieren und alles, was sie bedrückte, hinter sich lassen.
Sie holte Bonny von der Weide.
Lennart und sie wanderten zum Strand. Lennart zog eine enttäuschte Miene, als Merit ihn nicht gleich in den Sattel steigen ließ. Aber dann sah er ein, dass Bonny etwas anderes

war als die Sportgeräte im *Strandfeuer*, die man nach einer kurzen Einführung ausprobierte.

Jetzt hörte er zu, als sie von den weißen Pferden der Nordeuropäer berichtete, die diese früher in heiligen Hainen hielten, um sie zu verehren. „Oder im alten Ägypten!", fiel Merit ein. „Dort waren edle Pferde ein Statussymbol. Die Herrscher ritten nicht auf ihnen, sondern spannten sie vor leichte Wagen. Auf denen standen sie dann und zeigten damit, dass sie fähig waren, andere ihrem Willen zu unterwerfen. In dem Fall eben das Pferd."

„Aha." Lennart lachte. „Pferdehalter sind also Angeber."

Merit grinste. Sie hatten inzwischen den Strand erreicht und spazierten am Wasser entlang, das Pferd am Zügel. Lennart wollte sie nur aufziehen. Aber nein, für sie spielte es keine Rolle, ob jemand Bonny und ihr zusah. Sie genoss es sogar mehr, wenn sie beide allein unterwegs waren.

„Auf dem Pferd spürst du, dass es mehr gibt als nur dich selbst. Du *verbindest* dich mit ihm." Ein besseres Wort fiel ihr dafür nicht ein. Aber ja, so fühlte es sich an. „*Reiter und Pferd bilden eine Einheit*, so heißt es doch immer im Fernsehen, wenn eine Dressur oder ein Ritt besonders gelungen ist." Sie hob die Schultern. „Wahrscheinlich kann man das nur verstehen, wenn man selbst einmal am Strand entlangreitet und der Wind einem ins Gesicht pustet. Es zählt nur das, was man gerade tut. Reiten."

„So fühle ich mich, wenn ich Musik mache." Lennart tätschelte Bonny die Flanke.

Sie blieben an dem Aufgang stehen, den Merit nehmen wollte, um Lennart an einen Ort zu führen, der sich besonders zum Üben eignete. Bonny schnaubte und schüttelte zufrieden seine Mähne, dann schubste er Lennart auffordernd mit dem großen Kopf an. Da wollte einer mehr Streicheleinheiten!

Merit lachte. „Na, *einen* Fan scheinst du zu haben."

Lennart strahlte, als hätte sie ihm ein mega Kompliment gemacht. Dann legte er die Stirn in Falten. „Was soll das heißen, *einen* Fan?" Er grinste, als Merit erschrocken schluckte. „Schon gut, war nur ein Witz! Ich weiß ja, dass du die Genialität der *Brothers of Devil* nicht zu schätzen weißt. Sehr schade."

Merit konnte sich tatsächlich nicht vorstellen, dass das, was sie für Bonny empfand, in irgendeiner Weise Lennarts Gefühlen ähnelte, wenn er und seine Brüder … lärmten. Aber gut, da tickte wohl jeder anders: Emmy strahlte, wenn sie das Wort *Buch* nur hörte; Josy konnte sich stundenlang mit Klamotten und Styling beschäftigen; Matilda zog am liebs-

ten weit draußen auf dem Meer ihre Bahnen auf dem Board; Lasse flog gern und wollte später Pilot werden.
Merit grinste schief. „Sorry", sagte sie. „Metal ist einfach nicht mein Fall."
„Kein Problem", sagte Lennart, und Merit spürte, dass er es ehrlich meinte. Zum Glück. Nichts nervte mehr als Leute, die einen von etwas überzeugen wollten, zu dem man keinen Draht hatte. „Und wo darf ich jetzt reiten?"
„Sei doch nicht so ungeduldig", sagte Merit und tauchte tiefer in den aus knorrigen Kiefern und mächtigen Eichen und Buchen bestehenden Wald ein. „Wir sind gleich da." Sie führte Bonny und Lennart an der Hütte der Waldarbeiter vorbei – ein beliebtes Ausflugsziel. Ein Picknickplatz lud zum Verweilen ein.
Für Familien mit Kindern bedeutete Urlaub auf der Insel meist Sonne und Meer satt. Doch auch abseits des Strands hatte die Insel einiges zu bieten. Meist zog es ältere Leute hierher. Sie schienen alle Zeit der Welt zu haben, in Ruhe die kleinen Schätze zu entdecken.
Das ewige Rollen des Meers hinter den Dünen vermischte sich mit dem Rauschen des im Wind wogenden Blätterdachs. Immer wieder blitzten Sonnenstrahlen hindurch und zeichneten Muster auf den Boden. Unzählige Vögel erzählten

plappernd ihre Geschichten oder riefen sich gegenseitig etwas zu. Die Luft war wunderbar kühl und gleichzeitig erfüllt von einer einzigartigen Mischung aus Meer und Wald.

Rechts des Wegs lag der Weiher – ein zauberhafter Ort inmitten hoher Baumreihen, mit einer Wiese davor, auf der man sich ausstrecken konnte.

Lennart hob überrascht die Augenbrauen, als Merit weiterging, folgte ihr aber ohne Fragen.

Die wenigsten wussten, dass es nur einen Steinwurf entfernt einen noch schöneren Flecken der Insel gab – nicht einmal alle Inselbewohner, wie Merit an Lennarts Gesichtsausdruck bemerkte, als sie in einen Trampelpfad bog.

Kurz darauf blieb sie stehen.

„Wow", stieß Lennart aus. „Das ist ja traumhaft hier!"

Vor ihnen öffnete sich eine weitere Lichtung. Die Kiefern standen so dicht wie in tiefster Wildnis um sie herum. Statt eines Weihers lag rechter Hand nur ein sumpfiger Tümpel, der mit Schilf bewachsen war.

Das war einer der geheimen Orte, die Merit Simon bei ihrem geplanten Ausritt hatte zeigen wollen. Vom Weg aus war er nicht einsehbar. Merit schüttelte den Gedanken ab und brachte Bonny an den Rand der Lichtung. Der Kreis aus Gras war kaum größer als der kleine Garten der Schönborns.

Und damit genau richtig für das, was Merit geplant hatte. Ihre Mutter hätte sie nicht erst ermahnen müssen vorsichtig zu sein und Lennart nicht zu viel abzuverlangen.
Wie führte man einen Anfänger am besten an das Reiten heran? Indem man ihn dieselben Übungen machen ließ, die man als Kind selbst absolvieren musste!
Lennart freute sich, endlich aufsteigen zu können. Dabei stellte er sich erstaunlich geschickt an.
Kaum saß er im Sattel, ging es auch schon los: Merit führte Bonny an der Longe, die sie ihm kurz zuvor noch angebunden hatte.
Lennart breitete pflichtbewusst die Arme aus, als sie ihn dazu aufforderte. Er kreiste damit wie eine Windmühle mit ihren Flügeln, ohne zu schwanken. Einen guten Gleichgewichtssinn hatte er, das musste man ihm lassen! Ohne Zögern beugte er sich nach vorn, um Bonnys Kopf zu streicheln, oder er lehnte sich weit nach hinten, um die Kruppe zu berühren.
Bonny schien es nicht zu stören, dass heute jemand anderes als Merit auf ihm saß. Er konnte da auch eigen sein, aber Lennart schien er von der ersten Sekunde an zu vertrauen.
„Ich bin ein Naturtalent, was? Kann ich jetzt mal richtig reiten?“ Lennart strahlte, als hätte er gerade olympisches Gold geholt.

„Du darfst auf dem Heimweg gern oben bleiben. Aber ich führe Bonny. Es ist deine erste Stunde, du solltest dir nicht zu viel vornehmen."
„Fällt mir schwer", erwiderte Lennart und zwinkerte ihr zu. „Gibt es denn noch eine zweite Reitstunde?"
„He, das war nicht abgemacht!" Obwohl Merit lachte, meinte sie es ernst. Klar war es lustig, Lennart an das Reiten heranzuführen. Aber je länger sie ihm dabei zusah, desto stärker wurde ihr Wunsch, selbst aufzusitzen. Nein, sie eignete sich kaum als Lehrerin. „Ich kann dir gern den Kontakt zur Reitschule schicken, falls du da keinen kennst", wich sie Lennarts Frage aus. Vielleicht behielt er das Reiten tatsächlich bei? Vielleicht begegneten sie sich früher oder später einmal bei einem Ausritt?
Lennart schien geknickt. Er verzog das Gesicht und bedeutete Merit, dass er absteigen wollte.
Hatte sie etwas Falsches gesagt?
Merit brachte Bonny zum Stehen. Lennart rutschte aus dem Sattel. Mit ungewohnt langsamen Schritten stakste er in die Mitte der Lichtung. Bonny nahm sich das Gras vor.
„Genau genommen", sagte Lennart, „war das schon meine dritte Stunde. Schon mal auf die Uhr geschaut?"
Merit zog ihr Handy raus und ließ es beinahe fallen. Es ging

schon auf zwei Uhr zu? Wie schnell war die Zeit vergangen? Und dabei hatte sie heute noch etwas Wichtiges zu tun.

Lennart nickte. „Ich muss auch zurück. Ich habe noch eine Spezialstunde mit dem Strandsegler, bevor Johannes nachher kommt. Der war ja ganz scharf darauf, mal Quad zu fahren."

Spezialstunde mit dem Strandsegler? Das konnte nur Valerie sein. Merit grinste. Ja, Emmys Schwester konnte tatsächlich *speziell* sein.

„Dann hopp, wieder in den Sattel!"

„Das würde ich ja liebend gern machen." Lennart seufzte. „Aber mir tut der Hintern jetzt schon höllisch weh."

Merit stieß ein Lachen aus, das Bonny vom Rand der Lichtung mit einem ebenso lauten Wiehern kommentierte. Da hatten Bonny und sie also ganze Arbeit geleistet. Morgen würde Lennart Schmerzen an Stellen haben, von denen er noch nicht einmal gewusst hatte, dass dort Muskeln saßen! „Also, dann", sagte Merit, immer noch lachend. „Laufen wir."

Schade eigentlich, dass sie schon zurückmussten. Der Reitausflug mit Lennart hatte sich letzten Endes echt unterhaltsam entwickelt.

Doch an diesem Tag verlangte noch jemand anderes nach ihrer Aufmerksamkeit. Stichwort: *Würmchen.*

Bernsteintropfen und Nixenmuffins

„Aus dem Weg, Oma! Ich brauche Zucker!“ Merit zischte an Oma Levke vorbei zu den Lagerräumen von *Haus Schönborn.* Ohne das Licht einzuschalten, huschte sie in den ersten Raum und tastete im obersten Regalfach nach den Paketen. „Hab dich!“, sagte sie und eilte zurück an ihren Platz.

Merit kannte sich mit dem Ordnungssystem der Vorräte aus. Kein Wunder! In der Hochsaison hielt sie sich öfter hier unten auf als in ihrem eigenen Zimmer. Zwar kümmerte sie sich auch gern um die Gäste, noch viel lieber wirbelte sie aber hinter den Kulissen herum.

Wahrscheinlich konnte niemand sonst in ihrem Alter so viele Gerichte zubereiten wie sie. Und nicht nur Spaghetti mit Tomatensoße oder ein Spiegelei auf Brot! Merits Herz schlug vor allem für das Backen.

Gab es Schöneres, als so einfache Lebensmittel wie Eier, Zucker, Mehl und Milch zu vermengen, um dann durch die Zugabe von geriebener Orangenschale, Backpulver, einer Prise Zimt und Kakaopulver einen herrlichen Schokokuchen zu zaubern?
Merit liebte die Gerüche beim Backen. Je nach Zutaten konnte sie die wunderbarste Weihnachtsstimmung herbeizaubern oder es nach frischem Obst und Frühling duften lassen. Und wie herrlich es erst war, die Kekse, Cupcakes und Torten zu verzieren! Zuckerguss, bunte Streusel, Mandel- oder Kokossplitter, Krokant …
Schon als Merit klein gewesen war und kaum ein Ei hatte aufschlagen können, hatte Oma Levke sie helfen lassen. Während Merit Rührstäbe und Schüsseln abschleckte, hatte sie ihr nebenbei die wichtigsten Regeln erklärt.
Später probierte Merit viel selbst aus. Sie durchstöberte das Internet nach neuen Rezepten, entwickelte aber auch eigene Ideen. Dass dabei am Anfang nicht immer etwas Genießbares herausgekommen war – geschenkt! Mittlerweile hatte sie den Bogen raus. Sie wusste, welche Geschmäcker miteinander harmonierten oder wie sie einer vorgegebenen Backanleitung den nötigen Kick verleihen konnte, um das Ergebnis zu etwas Besonderem zu machen.

„Was gibt es denn heute?“ Oma Levke war Merit in die Küche gefolgt.

„Da drüben kühlen die Bernsteintropfen ab.“ Merit wog sorgfältig den Zucker für das letzte Rezept ab. „Und das da sind Nixenmuffins.“

Sie warf einen Blick auf die Uhr über der Durchreiche in den Gastraum. Die wenigen Stunden am Nachmittag waren die einzigen, in denen sie sich ungestört in der Küche ausbreiten konnte. Je früher sie nach dem Mittagstisch damit anfing, desto besser.

Sie war trotzdem nicht ärgerlich, dass sie mehr Zeit als geplant mit Bonny verbracht hatte. Es war zu schön gewesen, Bonny wieder einmal traben zu sehen, seine eleganten Bewegungen zu betrachten. Aber jetzt musste sie sich beeilen.

Nach dem ausgiebigen Frühstück im *Haus Schönborn* waren die meisten Gäste den Tag über unterwegs. Mittags fand sich nur eine Handvoll Leute zum Essen ein. Dafür war die Hütte am Abend wieder rappelvoll. Darauf mussten Oma Levke, Mama Mareike und Papa Ole sich in der Küche vorbereiten. *Mise en place* hieß das in der Gastronomie: *alles an den richtigen Ort stellen.* Nur so lief dann in der Hektik alles reibungslos. Wenn Merit nach fünf Uhr noch mit ihren Backblechen und Rührschüsseln hantierte, brach Stress aus. Ganz

zu schweigen davon, wenn die Arbeitsflächen noch mit Mehl bestäubt und von Teigresten verklebt waren!
Mit ihrem Besuch erinnerte Oma Levke sie dezent daran, dass sie sich ranhalten musste. Obwohl es auch sonst nie lange dauerte, bis die Oma auftauchte. Sie war mächtig stolz darauf, was sie ihrer Enkelin beigebracht hatte, und übernahm hin und wieder sogar Merits Ideen für ihr Frühstücksbuffet!
Ohne zu fragen, griff sie jetzt nach den Bernsteintropfen und steckte sich einen in den Mund. Merit wartete gespannt auf ihren Kommentar. Ihr war die Meinung ihrer Oma wichtig.
„Mhm", machte Oma Levke. „Karamellbonbons!"
Merit hatte Butter in einer Pfanne erhitzt und unter ständigem Rühren Zucker hinzugegeben. Als er begonnen hatte zu schmelzen, hatte er zuerst Klumpen gebildet, aber das war normal. Man durfte nur nicht aufhören weiter den Schneebesen fliegen zu lassen! Der Zucker musste sich vollständig auflösen. Danach hatte Merit die Hitze reduziert und etwas Milch hinzugegeben, bis die flüssige Masse eine schöne Farbe angenommen hatte. Das fertige Karamell hatte sie auf ein mit Butter bestrichenes Backblech gegossen. Statt es erkaltet in viereckige Stücke zu schneiden, hatte sie es im lauwarmen Zustand zu hübschen Kügelchen gerollt. Bernsteintropfen eben!

„Und die Nixenmuffins?“, fragte Oma Levke neugierig und betrachtete den Behälter, in den Merit die kleinen Kuchen vorsichtig gesetzt hatte.

„Die bestehen aus Blaubeerteig“, erklärte Merit. „Die Streifen aus grünem Zuckerguss oben stellen Seealgen dar, und die silbernen Liebesperlen sind die Luftblasen, die aus dem Wasser aufsteigen.“

Oma Levke schmunzelte – und runzelte die Stirn, als sie erneut den Blick durch die Küche schweifen ließ. „Bist du zur Konkurrenz übergelaufen, Liebchen?“

Merit sah von ihrer Schüssel auf und verzog fragend das Gesicht.

„So viele süße Sachen können nur für das vermaledeite *Seaside* bestimmt sein! Wer soll die Menge denn sonst essen?“

Auch Merit schaute sich um. Die Bernsteintropfen, die Nixenmuffins, rechts davon die aus Obststücken und Schokolade bestehenden Schokomuscheln, die zwei Sommersandkuchen, die Meerschaumküsschen … *So* viel war das nun auch wieder nicht, oder?

„Das ist für Emmy!“, erklärte Merit. „Zum Geburtstag morgen.“

Oma Levke kam heran und nahm Merit in den Arm. „Heutzutage schenkt man sich nur Gutscheine, dachte ich. Oder irgendwelche Sachen für eure Handys." Sie drückte Merit fester. „Aber du stellst dich stundenlang in die Küche und bereitest deiner Freundin etwas zu, das von Herzen kommt. Die kleine Bossen kann sich glücklich schätzen jemanden wie dich zu haben."

Merit unterdrückte ein Grinsen. *Die kleine Bossen.* Das sollte Oma Levke mal lieber nicht in Emmys Gegenwart von sich geben. Morgen wurde Emmy vierzehn – und damit endlich genauso alt wie die anderen *Summer Girls.*

„Richtet Emmy denn eine Fete aus?", fragte die Oma.

„Nicht wirklich. Wir treffen uns im *Sunny Beach.* Emmy hat sich in letzter Zeit so viel aufgehalst, da war es ihr zu stressig, auch noch eine richtige Party vorzubereiten."

Merit dachte an den Bücherflohmarkt, den Emmy auf die Beine gestellt hatte. Außerdem hatte sie einen Bücherschrank organisiert. Sie drehte beinahe täglich für ihren Vlog, dann hatte sie eine Liebesgeschichte für einen Schreibwettbewerb geschrieben, mit der sie sogar den dritten Platz gewonnen hatte und die im nächsten Sommer in einer Anthologie erscheinen sollte. Abgesehen davon war Emmy mindestens genauso eingespannt im Bossenhof und der Surfschule wie Matilda, Valerie und Jan.

Merit stockte. Emmy hatte es nicht ausgesprochen, aber …

Zu viel um die Ohren zu haben, um etwas vorzubereiten, bedeutete doch nicht, dass man grundsätzlich keine Lust darauf hatte, oder? Wenn andere die Arbeit übernahmen, konnte doch auch abgefeiert werden?

Und Oma Levke hatte recht. Die Mengen, die sie gebacken hatte, reichten locker für eine Megaparty!

Merit wirbelte so schnell herum, dass das Mehl von ihrer Kochschürze staubte. Sie drückte ihrer überraschten Oma einen Schmatzer auf die runzlige Wange. „Du bist die Beste!", rief sie.

Oma Levke nickte. „Weiß ich doch", sagte sie schmunzelnd. Sie nickte zur Arbeitsfläche. „Soll ich dir beim Aufräumen helfen? Deine Mama muss jeden Moment kommen."

Merit war nahe dran zu nicken, doch dann erinnerte sie sich an das Gespräch mit ihrer Mutter am Morgen. Oma Levke stand später noch mit Mama Mareike in der Küche, vielleicht sollte sie sich jetzt ein wenig ausruhen? „Nein, danke", sagte Merit schnell. „Ich schaffe das allein."

Die Idee, die Merit gerade angesprungen hatte, verlieh ihr sicher die nötige Energie, im Handumdrehen klar Schiff zu machen.

Oma Levke nickte, drückte Merit einen Kuss auf die Wange und verließ die Küche.

Jetzt nur noch schnell den letzten Teig in den Ofen schieben, dann konnte Merit loslegen. Aber vorher musste sie noch eine dringende Nachricht absetzen. Sie wischte sich die Hände ab und zückte ihr Phone. In der Nachrichtengruppe der *Summer Girls* durfte sie nicht schreiben. Emmy sollte nicht erfahren, worum es ging.
Dass Matilda, Josy oder sie nicht früher darauf gekommen waren! Alle schienen sie in den letzten Wochen zu beschäftigt damit gewesen zu sein, wer sich in wen verliebte.
Tja, ein Glück für Emmy, dass zumindest Merit beschlossen hatte dieses Thema für den Rest des Sommers abzuhaken!

Strandpicknick de luxe

„Psst, da sind sie!"

Merit stieß Josy in die Seite, obwohl sie sich selbst kaum das Kichern verkneifen konnte. Nichts war schöner als Vorfreude. Besonders an Geburtstagen. In diesem speziellen Fall wibbelte jedoch nicht das Geburtstagskind vor Aufregung, sondern Merit mit Josy, Matilda und den anderen, die hinter den Strandkörben im Sand hockten.

Merit, Matilda und Josy duckten sich hinter einen ganz besonderen Korb. Die Idee für diesen Ort war Josy gekommen, als Merit am gestrigen Nachmittag zwischen Bernsteintropfen, Nixenmuffins und den Meerschaumküsschen ihre Nachricht abgesetzt hatte.

Würmchen will sich keinen Stress mit einer Feier machen? Leute, WIR organisieren alles! Was haltet ihr davon, sie zu überraschen?

Wieder einmal hatte es keine fünf Minuten gedauert und ihre Freundinnen hatten geantwortet.
Genial!, hatte Matilda geschrieben.
Der Knaller! Was hast du vor? – Josy.
Den restlichen Abend und auch den heutigen Donnerstag über waren die Nachrichten hin und her geflogen. Merit hätte es nicht gewundert, wenn ihr Handy wegen Überlastung gequalmt hätte.
Schnell stand fest, dass sie für Emmy mehr auf die Beine stellen wollten als einen netten Abend auf dem Dachboden des *Sunny Beach.* Die geheime Gruppe *Emmy14* war gewachsen und gewachsen.
„Träum nicht, Daniel!" Merit hörte Emmys Stimme und riskierte einen vorsichtigen Blick um den Strandkorb herum. „Hast du Schlaftabletten eingeworfen?"
Emmys Freund spazierte auf dem Weg durch die Dünen zum Wasser betont langsam hinter ihr her.
Als Emmy sich wieder nach vorn wandte, nahm er die Hände aus den Taschen seiner Jeans und reckte hinter ihr beide Daumen in die Höhe. Dabei grinste er verschwörerisch zum Strandkorb 17.
Merit erwiderte die Geste und deutete Richtung *Sunny Beach.* Daniel musste Emmy noch einige Meter weiter lot-

sen. Sie sollte glauben, dass er sie nur deshalb zu dem Umweg vom Bossenhof über das Dorf, den Strandkorbverleih und den Strand zurück zur Surfstation überredet hatte, weil er noch etwas Zeit mit ihr verbringen wollte, bevor er sie auf dem Dachboden mit ihren Freundinnen teilen musste.

Emmy war komplett ahnungslos. Ein wenig schämte Merit sich dafür, dass sie Emmy heimlich beobachteten, wie sie sich nun mit ausgebreiteten Armen im Kreis drehte, sich die Abendsonne ins Gesicht scheinen ließ und dann ihren Daniel schnappte und ihn zu einem langen Kuss an sich zog. Aber es war ja nicht so, dass sie Emmy beim Nasebohren zusahen – nur beim Glücklichsein!

Sie hat auch allen Grund dazu, dachte Merit.

Emmy war heute vierzehn Jahre alt geworden und das Wetter schien wie bestellt für diesen Tag zu sein. Selbst jetzt strich der Wind noch warm über Merits nackte Schultern, als wollte er sie für die Mühen, die sie sich für Emmy gemacht hatte, mit einer Streicheleinheit belohnen. Daniel schien es allerdings bewusst zu sein, dass sie nicht allein am Strand waren und ungestört knutschen konnten. Nicht, dass es ihm sonst viel ausmachte, Emmy in der Öffentlichkeit zu küssen. Aber es war wohl doch etwas anderes, wenn man wusste, dass etliche Augenpaare auf einen gerichtet waren.

Emmy schien zu spüren, dass Daniel nicht bei der Sache war. Sie löste sich von ihm und pustete eine Haarsträhne aus dem Gesicht. „Alles in Ordnung, Daniel? Du bist so komisch."
Neben Merit schlug Josy sich die Hand vor den Mund, um ihr Prusten zu unterdrücken. Merit wollte ihr einen strengen Blick zuwerfen, aber Josys Augen schwammen in Lachtränen.
Emmy hatte rein gar nichts mitbekommen. Nicht, wie Merits anfängliche Idee an Fahrt aufgenommen und sich verselbstständigt hatte; nicht, wer hinter den Kulissen alles mitgeholfen hatte; nicht, wie viele Leute jetzt darauf warteten, dass Merit endlich das Startzeichen für Emmys *Strandpicknick de luxe* gab.
Na gut, dann los.
Merit fingerte die Partytröte von der Ablage des Strandkorbs, holte tief Luft und pustete hinein. Gleichzeitig sprang sie in die Höhe. Matilda und Josy folgten ihr ... und mit ihnen die fast dreißig anderen.
„Überraschung!", rief Merit.
Matilda und Josy johlten und klatschten. Genau wie Benny und Franziska. Die beiden Klassenkameraden der *Summer Girls* hatten sich hinter dem Korb nebenan verborgen und stimmten in die Jubelrufe ein. Auch die restlichen Bekann-

ten aus der Schule lachten über Emmys verdatterten Gesichtsausdruck.
Das Würmchen stand da wie vom Bücherschrank erschlagen!
Ihr Gesicht flammte rot auf. An einer Hand hielt sie Daniel, die Finger der anderen nestelten an den Halsketten. Emmy schüttelte ungläubig den Kopf, als das Rufen und Lachen noch anschwoll, weil alle merkten, wie ahnungslos sie gewesen war.
„*Happy Birthday to you*", hob Merit an. Sie hatte Probleme, die Stimme über das allgemeine Lachen zu erheben. Zum Glück fielen Matilda und Josy mit ein. Wenige Sekunden später sangen alle mit.
In Emmys Augen glitzerte es feucht.
Das war zu viel für Merit! Noch während die anderen das Lied beendeten, stürmte sie los, gefolgt von Matilda und Josy. Emmy breitete die Arme aus und empfing die drei mit Freudentränen, die ihr über die Wangen kullerten.
„Herzlichen Glückwunsch!", flüsterte Merit.
Dann war es auch schon vorbei mit dem Gruppenknuddeln der *Summer Girls*. Eine Traube von Gratulanten bildete sich um die vier. Emmy musste Hände schütteln, sich drücken lassen und Glückwünsche entgegennehmen.

Die Zeit nutzten Merit, Emmy und Josy, um mit nackten Füßen zur kleinen Hütte des Strandkorbverleihs zu laufen. Dort hatten sie Merits Leckereien gebunkert. Und nicht nur die!
„Soll ich mit den Getränken helfen?“ Lennart trabte heran. Sand wirbelte hinter ihm auf.
Ja, Merit hatte auch ihn in die Gruppe aufgenommen. Wieso nicht? Je mehr Leute hinter den Körben hervorsprangen, desto besser sah das aus. Genau wie Johannes. Er war nach seiner Quad-Stunde am gestrigen Abend so aufgedreht ins *Haus Schönborn* zurückgekehrt, dass Merit nicht anders gekonnt hatte. Der Junge musste eindeutig öfter unter Leute. Was half da besser als eine Party? Vielleicht war es ja die erste Party seines Lebens überhaupt? Er dackelte Lennart hinterher.
„Das ist so cool“, sagte Lennart. „Und Emmy hat echt von nichts gewusst? Respekt. Also, wo soll ich die Cola hinstellen?“
„Wir bauen alles rund um den Korb 17 auf“, erklärte Merit ihm. „Da, wo die anderen die Picknickdecken hinlegen.“
Merit lugte an ihm vorbei hinunter zum Strand und nickte zufrieden. „Aber haltet Abstand zur Feuerschale. Benny zündet schon das Holz an, das er heute Mittag hergebracht hat.“

Josy schloss die Hütte auf, die kaum mehr war als ein Unterstand für Josy oder ihre Eltern, wenn sie ihre Körbe an die Touristen vermieteten und nicht in der prallen Sonne sitzen wollten. Lennart reichte Johannes eine Kiste heraus. Der schmächtige Junge nahm sie mit einem „Uff!“ entgegen und schleppte sich sichtlich ab, als er den Weg nach unten antrat. Josy kicherte, riss sich nach einem Seitenblick von Merit aber zusammen. Schon klar, dass ein Nerd wie Johannes nicht ihrem Beuteschema entsprach.

Mit seiner blonden Mähne und dem offenen Lächeln, das er Merit zuwarf, als er mit einer Kiste links und einer rechts in der Hand an ihr vorbeispazierte, kam Lennart dem schon deutlich näher. Dumm für Josy, dass Valerie schon ihre Krallen nach ihm ausgestreckt hatte. Blieb nur zu hoffen, dass bald wieder einige interessante Typen für sie auf die Insel kamen.

Merit schnappte sich den Behälter mit den Nixenmuffins und machte sich mit Josy auf den Weg zum Strandkorb. Sie stolperte fast, als sie sich nach Matilda umdrehte. Schnell wandte sie sich zu Josy und stieß ihr den Ellbogen in die Seite.

„Wie konntest du nur?“, zischte sie. „Ob Matilda Lasse dabeihaben wollte, wäre ihre Sache gewesen!“

Josy folgte Merits Blick den Weg zur Promenade hinauf. Oben war Lasse aufgetaucht und lächelte unsicher, als auch Matilda ihn entdeckte.
Josy schüttelte den Kopf. „Ausnahmsweise bin ich nicht schuld“, flüsterte sie. „Ich habe ihm nicht geschrieben.“
„Oh, dann … entschuldige.“ Merit war nach Josys Aktion, als die sich Merits Handy geschnappt hatte und Simon hatte schreiben wollen, davon ausgegangen, dass Josy wieder einmal ihre Finger im Spiel gehabt hatte.
Blieb nur noch Emmys Kumpel Daniel, der sich in den letzten Wochen mit Lasse angefreundet hatte. Merit konnte sich gut vorstellen, dass er fand, Lasse habe auch ein Recht, mit Emmy zu feiern.
Merit trieb Josy unauffällig an. „Wir lassen die beiden besser mal allein. Die haben bestimmt Gesprächsbedarf.“ Obwohl sie nichts lieber getan hätte, als Mäuschen zu spielen, ging sie mit Josy und der ersten Fuhre Süßem zu den anderen zurück.
Zum Glück steuerte nicht nur Merit etwas zu essen bei. Jeder hatte etwas mitgebracht und holte es nun aus den Strandkörben: Schüsseln mit Kartoffel- oder Nudelsalaten, Chips und Schokolade … Emmys Mutter hatte eine Extraschicht in der Küche eingelegt, als Matilda sie in den Plan eingeweiht

hatte, und hatte Wurst-, Käse- und Fischbrötchen mit selbst gemachter Remoulade zubereitet.

Und wo waren nun Lasse und Matilda? Die beiden waren plötzlich spurlos verschwunden. Gingen sie am Strand spazieren, um sich auszusprechen?

Merit nickte Lennart und dessen Schatten Johannes zu, die sie schon wieder ansteuerten. „Könnt ihr euch um die Brötchen kümmern? Wir haben auch Würstchen. Benny hat Stöcke geschnitten, mit denen wir sie übers Feuer halten können."

„Sind schon unterwegs!" Lennart spurtete los und kam bereits mit einem Weidenkorb zurück, als Johannes gerade einmal die Hälfte des Wegs nach oben geschafft hatte.

Diesmal konnte Josy das Lachen nicht unterdrücken. „Da gibt aber einer alles."

„Sei doch nicht so, Josy!", wies Merit sie zurecht. „Der Arme ist halt nicht der Sportlichste. Du solltest mal sehen, wie er den ganzen Tag an seinem Tablet hängt. Da ist das ein echter Fortschritt."

„Hä?" Josy schien verwirrt. „Nee, den meinte ich doch gar nicht. Lennart! Der gibt sich echt Mühe, um dich …" Josy verstummte, als Lennart den Korb an Franziska weiterreichte, die ihn – total aufgekratzt, als hätte sie gerade Störtebe-

kers Schatz gefunden – hoch über den Kopf hob und zu den Decken trug.
Lennart blieb bei Merit und Josy stehen. Er sah sich mit blitzenden Augen um und runzelte die Stirn. „Musik haben wir keine, oder?“, fragte er. „Hättest du etwas gesagt, hätte ich meine Gitarre mitgebracht.“
Jetzt war es Merit, die laut auflachte. „He, die Party hat gerade erst begonnen. Die Leute sollen sich wohlfühlen, wir wollen sie nicht schon wieder vertreiben.“
Es war als Scherz gemeint. Sie wollte Lennart damit necken, so wie gestern. Und es stimmte doch auch – nicht jeder stand auf diese Art von Musik. War ja auch nicht weiter schlimm, das hatte Lennart selbst gesagt. Aber der Witz schien diesmal nicht zu zünden. Lennart sah Merit forschend an und nickte dann nur.
„Na ja“, sagte er trocken. „Dann hoffen wir mal, dass die Gäste von *Haus Schönborn* morgen nicht Reißaus nehmen, was?“
Ohne ein weiteres Wort stapfte er davon und ließ Merit stehen.
Merit drehte sich zu Josy um. „Was war das denn? Und was erzählt der da? Der wird doch nicht … Oh, Hilfe! Mein Paps hat *ihn* und seine Brüder engagiert!?“ Sie schlug sich die Hände vor den Mund.

Normalerweise war sie gut informiert über das, was im Familienhotel passierte. Aber in den letzten Tagen hatte sie sich ziemlich ausgeklinkt.
Und nun? Wusste ihr Vater überhaupt, was für eine Katastrophe ihnen bevorstand? Merit bekam jetzt schon Kopfschmerzen, wenn sie nur an den Lärm dachte, der den Gästen drohte!
Sie musste nach Hause, sofort! Sie musste mit ihren Eltern reden und …
Nein, sie konnte jetzt nicht gehen. Sie wollte nicht gehen. Das war nicht nur Emmys, sondern irgendwie auch ihre Party. Und wenn Papa Ole beim Namen *Brothers of Devil* nicht schon stutzig geworden war, würde er den morgigen Abend wohl kaum kurzfristig absagen, nur weil seine Tochter am Rad drehte. Sie mussten das morgen besprechen. In aller Ruhe.
Jetzt stand erst einmal Party auf dem Programm!
Gemeinsam mit Josy trug sie das restliche Gebäck zum Strand. Merit fiel auf, dass die ihr kaum von der Seite wich. Sie spürte, dass Josy ihre Nähe suchte, weil ihr der Streit zwischen ihnen zugesetzt hatte.
Als sie alles nach unten getragen hatten, nahm sie Josy bei der Hand. „Ich hab dich lieb“, flüsterte sie ihr zu.

Josy erwiderte den Druck ihrer Hände und gab ihr einen lauten Schmatz auf die Wange.
Die beiden lachten, als Emmy wie auf Kommando auftauchte, eine rechts und eine links umarmte und ebenfalls Küsschen verteilte. Sie strahlte übers ganze Gesicht. „Na, sieh mal einer an", sagte sie dann.
Merit folgte ihrem Blick. Matilda und Lasse schlenderten über den Strand aus der Richtung des *Sunny Beach* auf Merit, Josy und Emmy zu.
Händchen haltend.
Konnte es wirklich sein?!
Matildas Grinsen sprach Bände.
Lasse hatte keine Chance. Er musste Matilda freigeben, als die drei *Summer Girls* losrannten und Matilda mit sich in den Sand rissen. Sie kullerten in einem großen Knäuel herum und Merit fühlte ihr Innerstes genauso durchgewirbelt wie sich selbst.
Matilda hatte sich einen Ruck gegeben! Sie gab der Liebe eine Chance! Matilda hatte es so verdient, mit ihrem Lasse glücklich zu sein bis ans Ende aller Tage!
Merit richtete sich auf und strubbelte sich den Sand aus den Haaren. Dabei fiel ihr Blick auf Lasse. Man sah ihm an, wie erleichtert er war.

Mit den Fingern strich er über ein Armband, das er am Handgelenk des anderen Arms trug, während er Matilda betrachtete wie das größte Geschenk, das er je erhalten hatte. Merit war das Band noch nie an ihm aufgefallen. Es gab ähnliche in den Shops an der Promenade, aber dieses hier schien besonders zu sein. Selbst gemacht, tippte Merit. Von Matilda? Es bestand aus einem Lederband und silbernen Ketten, an denen Anhänger baumelten. Merit konnte eine Welle erkennen, eine Muschel, ein Hufeisen und ... das Herz, das Lasse immer wieder antippte.

Ja, es musste von Matilda sein. Damit war Lasse mit ihr und der Insel verbunden, auch wenn er wieder in Frankfurt sein würde.

Ach, ihre wunderbare Liebe *musste* einfach ewig halten!

Matilda löste sich von den anderen und schlang ihre Arme um Merit. „Danke", flüsterte sie.

„Wofür?"

„Dass du meine Freundin bist." Sie schob Merit von sich und sah ihr in die Augen. „Ohne dich hätte ich das echt durchgezogen mit der Trennung. Aber wie du von der Liebe gesprochen hast, das war toll. Du hast mir die Augen geöffnet."

Ihr Blick ging nun an Merit vorbei zu Lasse. „Ich habe ihm gesagt, dass er heute herkommen soll. Und ich bin froh, dass er es getan hat. Ich bin glücklich, Merit. Und das verdanke ich dir!"

Sie sollte dafür verantwortlich sein, dass Matilda und Lasse wieder ein Paar waren? Gab es etwas Wundervolleres als das, abgesehen davon, früher oder später vielleicht doch selbst der Liebe zu begegnen?

Und überhaupt – sie liebte doch schon. Und wurde geliebt. Sie hatte es immer schon gewusst: Auch Freundschaft war eine Art von Liebe.

Sie liebte die *Summer Girls.* Und das musste gefeiert werden!

Sie sprang auf die Beine, sah in Matildas, Josys und Emmys blitzende Augen und rief: „Party!"

Ein Pferd zum Verlieben

„Danke für die wunderbare Überraschung!“ Merit lachte, als Emmy sie umarmte – bestimmt zum zehnten Mal an diesem Abend. Überhaupt schienen es heute alle auf Merit abgesehen zu haben. Matilda, Josy, sogar Lasse hatten sie, als die Party in vollem Gange war, beiseitegenommen und ihr mit einer freundschaftlichen Umarmung dafür gedankt, dass sie Matilda mit ihrer kleinen Rede über die Liebe zur Besinnung gebracht hatte.

Auch sonst schien jeder, der gekommen war, zu wissen, dass Merit die treibende Kraft hinter der Party war. Ständig fragte sie jemand, wo dies oder jenes zu finden war, ob das Feuer noch weiter in Gang gehalten werden sollte, ob es okay war, wenn sie Strandkörbe zu einem Kreis zusammenstellten. Ihr war es ein bisschen peinlich, dass sie beinahe genauso im Mittelpunkt stand wie das Geburtstagswürmchen.

Gerade verabschiedeten sich mit Benny und Franziska die letzten Gäste, die nicht zu Emmys engerem Freundeskreis zählten. Jetzt waren nur noch die *Summer Girls* übrig, Daniel und Lasse.

Ups, nein. Auch Lennart wuselte noch am Strand herum.

Sie hatten nach Merits unbedachter Äußerung über seine Musik kaum noch ein Wort miteinander gewechselt. Dennoch half er Daniel und Lasse, die leeren Getränkekisten in die Hütte zu tragen und den Sand nach Müll abzusuchen. Johannes wich ihm nicht von der Seite.

Merit drehte sich zu Emmy, Matilda und Josy. Die *Summer Girls* hockten auf der XXL-Picknickdecke, hatten die Beine angezogen und spielten mit den nackten Füßen im Sand. Die Sonne war schon vor einer Stunde untergegangen, nun wurde die ausklingende Party nur noch von zwei Fackeln erhellt – und von mindestens einer Million Sternen, die über ihnen am Firmament funkelten. Weit draußen auf dem Meer tanzten vereinzelte Lichtpunkte – Positionsleuchten der Fischer, die auf einen guten Fang hofften.

Die drei Freundinnen sahen Merit an, die nun in Richtung von Lennart und Johannes nickte. „Sagt mal, kann es sein, dass Johannes es auf Lennart abgesehen hat? Ich kann mich täuschen, aber bisher dachte ich, dass Johannes ein Nerd ist, der einfach mal rausmusste. Aber so, wie der an Lennart hängt …“

Emmy begriff sofort, worauf sie hinauswollte: „Du meinst, dass Johannes in Lennart verknallt ist? Gut möglich. Er sucht auf jeden Fall extrem seine Nähe, das ist mir auch schon aufgefallen.“

Matilda richtete sich auf und beobachtete die beiden. „Ich wusste gar nicht, dass Lennart auf Jungs steht.“

„Tut er nicht!“ Himmel, Merit hatte den anderen noch gar nichts von Lennart und Valerie erzählt! Das war total untergegangen!

Matilda und Emmy machten große Augen, als Merit von Valeries speziellen Übungsstunden bei Lennart berichtete. Josy hörte ebenso aufmerksam zu, runzelte aber die Stirn und sah Lennart nachdenklich hinterher.

Emmy fummelte an ihren Ketten herum. „Valerie und er sind beide ziemlich sportlich unterwegs. Das würde passen.“

Josy schnalzte mit der Zunge. „Nichts passt da“, sagte sie. Die Köpfe wandten sich ihr zu. Merit war nicht überrascht, dass Josy grinste, als sie wieder einmal die volle Aufmerksamkeit hatte. „Valerie hat keine Chance, das sage ich euch, weil …“

Matilda räusperte sich so übertrieben, als hätte sie eine Ladung Sand verschluckt. Die Jungs hatten ihre Aufräum-

arbeiten beendet und warfen sich nun zu ihnen auf die Decke – Daniel zu Emmy, Lasse zu Matilda, Lennart und Johannes nahmen etwas abseits am Rand Platz.
Josy rollte die Augen, nickte mal hier-, mal dorthin.
Was sollten die komischen Zuckungen? Ah, sie wollte ihren Satz zu Ende bringen! An ihrer Zeichensprache musste sie allerdings noch arbeiten. Kein Mensch konnte verstehen, was sie ihnen damit sagen wollte!
Emmy und Matilda schien es wie Merit zu gehen. Sie schauten sich an … und lagen keine Sekunde später lachend auf den Rücken.
Die Jungs sahen sie fragend an. Die *Summer Girls* wurden von einem Lachflash geschüttelt, den Merit aus vollem Herzen genoss. Es fühlte sich an, als lachte sie den Kummer der vergangenen Tage weg. Sie wischte sich die Tränen aus den Augen und setzte sich wieder auf.
Armer Johannes! Egal, was Josy ihnen hatte mitteilen wollen – Lennart stand nicht auf Jungs, das war klar. Johannes schien da etwas falsch verstanden zu haben. Lennart war nett zu ihm, ja. So nett, wie man zu einem Touristen und potenziellen Kunden war.
Merit nahm sich vor, Johannes bei passender Gelegenheit im *Haus Schönborn* zur Seite zu nehmen und es ihm schonend

beizubringen. Wahrscheinlich würde er sich danach für den Rest seines Aufenthalts mit seinem Tablet verkriechen. Dabei hatten die *Summer Girls* eindeutig recht: Was half am besten gegen Trübsal? Rausgehen und unter Leuten sein, auch wenn man meinte, die dunklen Wolken würden sich nie verziehen. Irgendwann blitzte schon wieder die Sonne hervor.

Merit zuckte zusammen, als Emmy neben ihr aufsprang. Auch die anderen sahen fragend nach oben. Tatsächlich ging Emmy zu Merit und reichte ihr die Hand.

„Das war eine mega Überraschung für mich", sagte Emmy feierlich. „Ich bin so froh, meinen Geburtstag mit euch zu feiern. Das ist für mich das größte Geschenk. Und weil ich das offenbar dir zu verdanken habe, gibt es für dich jetzt auch ein Geschenk."

Sie griff nach ihrer Umhängetasche mit den Aufnähern und Buttons, zog ihren E-Book-Reader hervor und ließ sich direkt vor Merit nieder. Ihre Knie stießen gegeneinander. Emmy schaltete den Reader ein, das Display warf ein silbriges Licht auf ihr Gesicht.

Merit sah sich nach den anderen um und zuckte die Schultern. *Keine Ahnung, was das jetzt soll!*

Emmy räusperte sich. „Ein Pferd zum Verlieben", las sie vor.

Merit schlug die Hände vor den Mund.

Nein, oder? Das Ganze war doch ein Witz gewesen, nachdem Emmy die Jury beim Schreibwettbewerb überzeugt hatte!
Emmy nickte, als sie Merits fragenden Blick sah. „Ich habe versprochen, dass ich dir eine Geschichte schreibe. Und hier ist sie. Noch nicht perfekt, aber wenn du damit einverstanden bist, lese ich dir die Rohfassung vor."
Einverstanden? Merit war begeistert!
Eine Geschichte, nur für sie allein!
Welchen schöneren Rahmen für eine private Lesung von Emmy Bossen, der zukünftigen Bestseller-Autorin, konnte es geben als den abendlichen Strand mit dem Rauschen des Meeres und dem Flüstern des Sommerwinds im Dünengras als Hintergrundmusik?
„Leg los!", forderte Merit Emmy atemlos auf.
„Also gut", sagte Emmy und wiederholte: „Ein Pferd zum Verlieben."
Merit lauschte gebannt. Sie konnte sich nicht daran erinnern, Emmy von dem Tag erzählt zu haben, als sie Bonny bekommen hatte. Natürlich waren sie damals schon befreundet gewesen, und Emmy hatte miterlebt, wie aufgeregt Merit in den Tagen zuvor gewesen war. Aber dieser Moment, als Papa Ole die Klappe des Hängers geöffnet hatte und Merit ihren Bonny, den sie schon zur Probe hatte reiten dürfen, wieder-

gesehen hatte … Nein, die Schilderung entsprang einzig und allein Emmys Fantasie.

Und doch traf sie haargenau zu. Mehr noch, Emmy gelang es mit ihren Worten, dass Merit diesen Augenblick erneut durchlebte. Ihr war, als näherte sie sich Bonny noch einmal, streichelte sanft über seine Flanke, roch das Heu und Stroh im Hänger, sah ihm in die dunklen Augen.

Sie schüttelte sich, als ihr eine Gänsehaut über den Rücken lief, und hörte aufmerksam zu, bis Emmy geendet hatte.

„Das war grandios!", hauchte sie fassungslos, nachdem alle ein paar Sekunden lang still gewesen waren. „Emmy, du bist eine Künstlerin! Wie du mit Worten umgehen kannst, das ist der Wahnsinn! Ich wünschte, ich könnte das auch."

Emmy verstaute den Reader wieder in der Tasche. „Versuch es doch mal. Und außerdem" – sie griff an Merit vorbei zu dem Behälter mit den letzten Cupcakes – „bist du auch eine Künstlerin." Sie drehte das Gebäck in den Händen, bevor sie kräftig hineinbiss. „Jeder kann etwas anderes gut. Ich würde wahrscheinlich direkt vom Pferd fallen!"

„Versuch es doch mal", schlug nun Merit vor. Vielleicht stellte Emmy sich ja als Naturtalent wie Lennart heraus?

Merits Blick ging zu ihm. Hoppla! Hatte er sie schon länger angestarrt?

Tja, wahrscheinlich dachte er auch gerade an seine erste Reitstunde. Merit hatte am Tag zuvor keine große Lust verspürt, die Stunde zu wiederholen. Andererseits wäre es schade, wenn es für Lennart eine einmalige Sache gewesen wäre. Sie hoffte wirklich, dass er seine Leidenschaft für Pferde entdeckt hatte.

Es war eine schöne Vorstellung, ihm irgendwann auf einem der Wege der Insel zufällig zu begegnen und dann ein Stück gemeinsam zu reiten.

Dummerweise war da aber auch der Gedanke daran, dass der nächste Abend dank Lennart und seinen *Brothers of Devil* der blanke Horror werden würde.

Magic Moments

„He, Merit, ich habe dir zigmal geschrieben. Mit deinem Handy stimmt was nicht!"
Merit starrte Simon an, der sich am nächsten Abend zwischen den munter miteinander plaudernden Rentnern unter dem Pavillon am Strand zu ihr hindurchschlängelte.
Stellte er sich dumm, oder begriff er tatsächlich nicht, dass sie ihn aus ihren Kontakten entfernt und das Chatgespräch abgebrochen hatte?
Wie aufs Stichwort zeigte das Brummen ihres Telefons an, dass eine neue Nachricht eingegangen war. Tja, ihr Handy funktionierte einwandfrei.
Merit grinste Simon zuckersüß an. Eine andere Reaktion fiel ihr nicht ein. Wahrscheinlich würde sie sich später darüber ärgern. Aber in diesem Moment schien es ihr das Beste zu sein, Zeit zu schinden, um ihre Überraschung zu überwin-

den. Ihr Herz wummerte wie ein Presslufthammer. „Nee, alles bestens.“ Sie drehte ihm den Rücken zu und tat, als würde sie die gerade erhaltene Nachricht lesen.
Wie dreist von ihm, tatsächlich bei der Party ihrer Eltern aufzulaufen! Wollte er sie zu einer Aussprache zwingen, weil sie sich zurückgezogen hatte? Das konnte nicht sein Ernst sein, oder? Nach der Nummer, die er mit ihr abgezogen hatte? Checkte er nicht, dass sie endlich dahintergekommen war, was für ein mieser Kerl er war?
Sie warf einen Blick über die Schulter und bemerkte, dass Simon schon wieder von einer Traube von Leuten umringt war. Offenbar seine Freunde aus dem *Seaside.*
Wider Erwarten hatte die Ankündigung *Musikabend am Lagerfeuer mit Sektbar, Veranstalter: Haus Schönborn* nicht nur die Generation Ü60 angelockt. Auch etliche junge Leute waren erschienen und verteilten sich auf den Stühlen um das Lagerfeuer herum und vor der provisorischen Bühne.
Die Holzkonstruktion hatten die Grober-Brüder am Strand errichtet, nur einen Steinwurf von dem alten Boot entfernt, in dem Merit und Simon sich vor Kurzem noch geküsst hatten. Sie wirkte solide, aber in Merits Augen ein bisschen zu klein für eine richtige Band. Es gab auch nur zwei Scheinwerfer und ein Mikrofon. Wahrscheinlich stellten sie die anderen

Verstärker noch auf, sobald sie das Schlagzeug auspackten. Damit sollten sie besser mal endlich anfangen! In wenigen Minuten sollte es losgehen.

Vor dem einsamen Mikrofon hatten die Jungs einen Barhocker platziert. Damit es sich der Metal Rocker gemütlich machen konnte, ha, ha. Bestimmt war es nur ein Requisit, das Lennart bei seinem Auftritt in Stücke hacken würde.

Für Merit stand fest, dass dieser Abend für ihre Eltern und die Stammgäste in einer Katastrophe enden würde. Nach dem ersten Song würden die meisten das Weite suchen. Das war es dann mit dem kuscheligen Beisammensein, das dazu beitragen sollte, dass die Gäste Jahr für Jahr wiederkehrten.

Ach, Merit wünschte, sie hätte ihren Eltern das ausreden können! Aber Papa Ole und Mama Mareike hatten sich stur gestellt. Sie behaupteten sogar, sie hätten Probeaufnahmen gehört und wären begeistert gewesen.

Merit brummte der Schädel, wenn sie nur an die wenigen Klänge dachte, die sie auf dem Quad gequält hatten. Und auf so etwas standen ihre Eltern?

Sie wischte über ihr Handy. Die Nachricht war von Lennart.

Lennart: *Wirfst du mir dein Shirt auf die Bühne, wenn ich singe?*

Sie lachte hell auf.
Merit: *Freu dich auf Tomaten und faule Eier.*
Lennart: *He, ich bin jung, ich brauche Fans.*
Merit: *Ich drücke dir die Daumen. Ich bin raus.*
Sie sah auf. Wo war er denn überhaupt? Der mit Lampions und bunten Girlanden abgesteckte Strandabschnitt füllte sich von Minute zu Minute. Die Gäste drängelten sich an die Getränkebar, Bierflaschen ploppten auf, aus den Boxen drang dezente Lounge-Musik. Viele Leute gingen bereits im Rhythmus mit, während sie anstießen, miteinander plauderten und lachten.
Die Musik lief leise genug, dass man das Branden der Wellen noch hörte. Vom Meer her wehte eine kräftige warme Brise, die seit dem späten Nachmittag besonders hohe Wogen aufwarf. Die Menschen genossen die laue Luft und zeigten in leichten Sommerkleidern und Shorts, wie braun sie inzwischen geworden waren. Es roch nach Après-Sonnenmilch und warmem Sand.
Ihr Handy brummte erneut.
Lennart: *Tu wenigstens so, als würdest du es genießen, und reiß die anderen mit.*
Merit: *Darin bin ich Weltmeisterin. Kein Problem.*
Merit schaltete das Handy aus und steckte es sich in die wei-

ßen Jeansshorts. Dazu trug sie an diesem Abend ein Neckholdershirt in Schwarz und silberne Ohrhänger. Ihre Füße steckten in den weißen Sneakers. Das waren nach wie vor die besten Schuhe für ihren Fuß. Der tat zwar nicht mehr weh, aber Merit wollte nicht riskieren, dass sie in ihren Sandaletten umknickte.

Sie atmete tief durch und wandte sich vorsichtig um.

Simon hatte sich mit ihrer knappen Antwort begnügt. Als er Merits Blick bemerkte, wackelte er mit den Augenbrauen und lächelte ihr zu. Er zwinkerte sogar und spitzte für einen Sekundenbruchteil die Lippen, als wollte er ihr einen Luftkuss schicken!

Mit einem Ruck wandte sich Merit ab. Sie ballte die Hände und stieß die Luft durch die Nase aus. Der sollte es bloß nicht wagen, ihr zu nah zu kommen!

„Hey, Merit, hat dir einer in die Cola gespuckt?“ Josy stolzierte heran, atemraubend schön in einem eng anliegenden Kleid mit asymmetrischem Saum. Es war mit tausend winzigen Rosen bedruckt. Passend dazu trug sie Ohrringe in Form von Rosen.

Was für ein Romantiklook für die sonst so coole Josy! Aber mit ihrem Auftritt bewies sie mal wieder genau das richtige Händchen. Zu einem Musikabend am Lagerfeuer passte dieses Outfit hundertpro. Und wenn die Metaller erst einmal losrockten, würde sie beim Abtanzen trotzdem noch eine gute Figur machen.

Merit begrüßte Josy mit einer Umarmung. Gemeinsam hielten sie Ausschau nach den anderen *Summer Girls.*

Matilda und Lasse näherten sich langsam Arm in Arm von der Strandpromenade her. Die hatten es nicht eilig, unter Leute zu kommen, während Daniel und Emmy vom Strand heranstürmten, als wären sie direkt dem Wasser entstiegen.

Bevor die anderen bei ihnen waren, beugte sich Josy vor und flüsterte Merit ins Ohr: „Hast du gesehen, wer da ist?"

Merit verzog den Mund. „Der ist nicht zu übersehen, oder? Ich frage mich, was der hier will."

Josy schnalzte. „Der sucht offenbar den besonderen Kick, denn guck mal links über die Schulter." Merit fuhr schon herum, während Josy noch ein „Unauffällig!" zischte.

Okay – da war ein bildhübsches sommersprossiges Mädchen mit kurzen lockigen nugatbraunen Haaren, die sich an einem Glas Apfelschorle festhielt und offenbar nach ihren Freunden Ausschau hielt. Und?

„Weißt du, wer das ist?", wisperte Josy und wartete die Antwort gar nicht erst ab. „Mit der hat Simon im Strandkorb geknutscht. Und sag nicht wieder, ich brauche ’ne Brille. Die war das.“

Merit biss sich auf die Unterlippe, während sie das Mädchen unauffällig musterte. Es sah eigentlich ganz sympathisch aus.

Emmy und Matilda trudelten nun endgültig mit ihren Freunden ein.

„Wo sollen wir uns hinsetzen?“, fragte Matilda nach der Begrüßung und sah sich um.

Auf der Bühne prüfte bereits der Älteste der Grober-Brüder das Mikrofon und die Spots.

„Wir brauchen keine Sitzplätze.“ Lasses Bernsteinaugen funkelten. „Ich hab im Netz ein paar Songs der *Brothers of Devil* gefunden. Nicht viel, aber die reißen echt mit.“

Merit verzog den Mund. „Ich fürchte, die treiben eher jeden in die Flucht. Nach dem ersten Lied habt ihr freie Platzwahl. Dann sind die Rentner weg.“ Sie seufzte. „Aber ich muss jetzt sowieso hinter die Theke. Ich habe meinem Paps versprochen, ihn bei den Getränken abzulösen.“ Sie hob die Hand und verschwand in der Menschenmenge.

Mit einem Kuss verabschiedete sie Papa Ole hinter der Theke und nahm gleich eine Reihe von Bestellungen an.

Merit arbeitete geschickt und schnell. Sie spürte, dass sich eine Schweißperle an ihrer Schläfe löste, hielt aber an ihrem Lächeln fest. Die Gäste erwiderten es und begrüßten sie freundlich, manche erkundigten sich sogar nach ihrem Bein.

Johannes bat um ein Glas O-Saft, mit dem er sich dann seitlich an die Theke stellte. Hoffentlich war er nicht auf Small Talk aus! Dafür hatte Merit nun überhaupt keinen Nerv. Aber nein, er starrte nur auf die Bühne, die Lennart in diesem Moment betrat.

Merit konnte nur einen kurzen Blick zu ihm werfen, da weitere Sektgläser und Bierflaschen geordert wurden. Sie reichte alles über die Theke, kassierte und wünschte den Gästen einen schönen Abend.

Allmählich richtete sich die Aufmerksamkeit aller auf die Bühne, der Andrang an der Bar ließ nach. Lennart pustete ins Mikro und richtete es sich aus, da trat ein Mädchen an die Theke. „Kann ich bitte eine Cola zero haben?"

„Sicher", sagte Merit und …

Die kannte sie doch!

Heute trug sie keinen Knoten auf dem Kopf. Die Haare lagen lang und glatt mit Mittelscheitel. Geschminkt war sie nur mit ein wenig Kajal und Lipgloss, und das Ringelshirt sah witzig aus zu den Jeansshorts. Kein bisschen Tussi mehr, aber ein-

deutig das Mädchen, mit dem Simon an der Pferdekoppel zusammengestanden hatte!
„Hab ich einen Pickel auf der Nase?“ Beim Lächeln zeigte das Mädchen kleine weiße Zähne.
„Sorry, ich war in Gedanken.“ Merit griff unter die Theke und zog eine gekühlte Flasche Cola hervor, die sie öffnete und ihr mit einem Strohhalm reichte. „Genieß den Abend.“
Das Mädchen hatte sich schon abgewandt, schaute aber nun noch mal über die Schulter. „Ich gebe mir Mühe“, sagte sie.
Na, wie das neue Glück in Simons Armen sah die auch nicht aus! Genau wie das Strandkorbmädchen war sie allein gekommen. Sie schlenderte mit ihrer Cola ein bisschen unsicher an den Grüppchen vorbei, als hoffte sie Anschluss zu finden. Oder hoffte sie, dass Simon sie entdeckte und sich um sie kümmerte? Wo war der überhaupt?
Merit reckte den Hals und sah die *Seaside*-Gang vorne an der Bühne. Natürlich, sie benahmen sich wieder, als gehörte ihnen die Welt. Sie hoben die Hände über die Köpfe und klatschten rhythmisch, um Lennart zu zeigen, dass er endlich anfangen sollte! Bestimmt nicht leicht für Lennart, bei dem Gejohle und Feixen seine Gitarre zu stimmen.
Nanu? Eine Konzertgitarre? Und warum saß er da immer noch allein? Wo blieben seine durchgeknallten Brüder?

„Ist der Abend nicht zu spektakulär, um ihn hinter der Theke zu verbringen?“

Merit schrak zusammen, als von hinten jemand die Arme um sie legte. Instinktiv benutzte sie die Ellbogen, um sich aus dem Griff zu befreien.

Sie fuhr herum und starrte in Simons grinsendes Gesicht. In seinen Augen funkelte es.

Wenn Merit es nicht besser gewusst hätte, hätte sie tatsächlich geglaubt, dass dieses Funkeln von seiner Verliebtheit herrührte. Aber es war nur seine Masche und sie würde bestimmt kein weiteres Mal auf ihn hereinfallen!

„Schon vergessen?“, antwortete sie und war stolz wie Bolle, dass sie diesmal den richtigen Ton traf. Frostig. Mindestens zehn Grad unter null. „Ich bin hier nicht, um mich zu amüsieren“, fuhr sie fort. „Ich gehöre zu den Gastgebern. Meine Eltern richten den Abend aus.“

„Ja doch, ich weiß, mein Inselmädchen“, sagte er und wollte erneut die Arme um sie legen. Ihre unterkühlte Stimmung schien ihm überhaupt nicht aufgefallen zu sein.

Sie trat einen Schritt zurück und stieß mit dem Rücken gegen das Holz der Theke. Abwehrend hob sie beide Arme. „Du darfst nicht hier stehen. Geh auf die andere Seite. Wenn meine Eltern das sehen, kriege ich Ärger.“

„Ich könnte dir helfen.“ In seine Augen trat ein bittender Ausdruck. „Wir wären bestimmt ein gutes Team.“

Die Doppeldeutigkeit seiner Bemerkung entging Merit nicht, aber sie löste nichts mehr in ihr aus. „Das sehe ich anders“, erwiderte sie.

Sollte sie die beiden Mädchen erwähnen, mit denen er geflirtet hatte und die hier irgendwo herumschlichen? Ein Geistesblitz durchzuckte sie und trieb ihren Puls hoch. Nein, so billig würde Simon nicht davonkommen! War es nicht ideal, dass Simon und sie und zwei seiner weiteren Lieblingsmädchen hier zusammen waren? Daraus ließ sich doch wunderbar etwas machen!

Er legte den Arm auf ihre Schulter. „Du bist heute so kühl, Merit. Habe ich etwas falsch gemacht?“

Aha, der Blitzmerker!

Merit nickte. „Ja, du solltest nicht hier sein.“ Sie wies mit dem Kinn auf die anderen Gäste, die sich um die Bühne drängelten. „Da gehörst du hin.“

„Aber ich …“

In diesem Moment setzten die ersten Akkorde ein. Warm und weich und satt schwebten sie aus den Boxen über den Strand und die Köpfe der Menschen hinweg.

Die Härchen an Merits Armen und in ihrem Nacken richte-

ten sich auf, als Lennarts Stimme erklang. Ein tiefes Flüstern, so intensiv und authentisch, dass es Merit durch jede einzelne Zelle ihres Körpers ging.
Sie kannte den Song nicht. Die Art, wie er ihn sang, ließ keinen anderen Schluss zu, als dass er ihn selbst geschrieben hatte. Die Worte schienen direkt aus seiner Seele zu kommen.
Er sang auf Englisch von der Weite des Meeres und von einem Mädchen, das er wie den Sommerwind nicht halten konnte. Immer, wenn er glaubte, ihm ein Stück näher gekommen zu sein, entwischte es ihm. Spielte es mit ihm, oder wusste es wirklich nicht, wie viel es ihm bedeutete?
Jedes andere Geräusch verebbte, nur die gezupften Gitarrenklänge und seine Stimme erfüllten den Strand, untermalt von dem Brausen der Wellen. Die Zuhörer lauschten, manche legten die Arme umeinander, wiegten sich im Takt.
Merit vergaß alles um sich herum, während sie Lennart anstarrte, wie er da im weißen Shirt und in ausgebleichten Jeans auf dem Barhocker saß. Die Augen hielt er geschlossen, die Haare fielen ihm wuschelig in die Stirn. Die langen Finger glitten wie von selbst über die Saiten des Instruments.
Merit sog jedes Wort in sich auf, wagte kaum zu atmen, und nur ein Gedanke wirbelte hinter ihrer Stirn: Wie hatte sie sich so in Lennart täuschen können?

Eine Seifenblase aus Musik

Jubel brandete auf, als Lennart seinen Song beendete. Merit klatschte laut, aber links neben ihr an der Theke flippte Johannes komplett aus. Er sprang auf und ab, sein Gesicht war rosarot, während er den Arm über seinem Kopf kreisen ließ wie ein Hubschrauber.

Simon hatte sich endlich verdrückt. Merit sah, wie er sich nach vorn zu seinen Kumpels drängte. Gut so. *Aber das war nicht unsere letzte Begegnung an diesem Abend*, dachte sie.

Lennarts Auftritt hatte sie schwer beeindruckt. Wie gefühlvoll war das denn bitte gewesen? So ruhig, so einfühlsam, fast schüchtern – keine Spur von dem Gekreische, das bei der Quad-Fahrt aus der Box gedonnert war! Wie es aussah, setzte Lennart für seine Musikerkarriere auf zwei Standbeine: die Metal-Rockband mit seinen Brüdern und seine Soloauftritte als Singer-Songwriter.

Was für ein Kontrastprogramm!
Offenbar musste sie ihn als Musiker ernster nehmen, als sie das bisher getan hatte. Mit der Rockband sprachen die Grobers ein spezielles Publikum an, aber als Songwriter flogen Lennart die Herzen zu.
Merit sah, dass nicht nur die Jugend begeistert applaudierte, auch die älteren Herrschaften waren von ihren Stühlen aufgestanden und hatten im Takt gewippt.
Da erklangen die nächsten Töne, diesmal in einem rhythmischen Stil, den Lennart mit Klopfen auf den Gitarrenrumpf untermalte. Auch Merit konnte nicht anders und tanzte hinter der Theke ganz für sich allein, völlig gebannt von Lennarts Stimme und seinem zauberhaften Gitarrenspiel.
Weitere Songs folgten, Coverversionen von Ed Sheeran, Max Giesinger und Mark Forster – lauter Songs, die das Publikum aus dem Radio kannte und aus voller Kehle mitsang.
Partylaune konnte Lennart also auch versprühen.
Hätte Merit sich nicht so zickig angestellt, wäre Lennart bei Emmys *Strandpicknick de luxe* ein echtes Highlight gewesen!
Merit merkte erst, dass Lennart erneut ein bekanntes Lied angestimmt hatte, als sie den Refrain mitträllerte. Aber nicht nur sie – alle Gäste fielen ein.

Unglaublich!
Die Stimmung war bombastisch, die Atmosphäre am Strand magisch. Jung und Alt feierten gemeinsam, vereint in der Musik und an diesem besonderen Ort, den Merit über alles liebte.
Sie entdeckte Matilda, Lasse, Emmy und Daniel. Die vier hüpften in einer Kette im Takt der Musik. Josy stand zwei Meter daneben bei einem Typen, der zwar nur so groß wie sie selbst war, aber sehr durchtrainiert wirkte. Er trug eine Brille, die ihn älter aussehen ließ. Merit schätzte ihn auf sechzehn oder vielleicht sogar siebzehn. Die langen dunklen Haare trug er in einem Zopf im Nacken. Wie Josy ihn ansah, ließ darauf schließen, dass sie wieder einmal ihre Reize testete. So glücklich hatte Merit sie allerdings noch nie schauen sehen … Na, mal abwarten, wie lange der Typ ihr Favorit blieb und wann sie ihn wieder in den Wind schoss, weil er ihr zu langweilig wurde und weil sie sich freihalten wollte für einen noch Besseren.
Merit lächelte bitter vor sich hin. Nein, so wie Josy würde sie niemals mit Jungen umgehen können – und wollen! Sie würde immer voll mit dem Herzen dabei sein, auch wenn das manchmal wehtat.
Merit sah wieder zur Bühne. In diesem Moment hob Lennart

den Kopf und schaute in ihre Richtung. Ihre Blicke trafen sich, während er den Refrain des nächsten Songs anstimmte. Wieder etwas Eigenes, da war Merit sich sicher.
Es fühlte sich an, als schaffte er eine glitzernde Seifenblase aus Tönen, in der nur sie beide existieren. Seine Worte umwehten sie wie ein Flüstern und erzählten ihr von der Liebe, die ihr jederzeit und überall begegnen konnte und vor der sie trotz aller schlechten Erfahrungen keine Angst haben durfte.

Nach drei Zugaben waren fast anderthalb Stunden vergangen, in denen Lennart die Zuhörer verzaubert hatte. Kaum war der letzte Ton verklungen, wandten sich viele um und stürmten zur Getränkebar, die Kehlen trocken vom Mitsingen.
Papa Ole sprang Merit bei. Hand in Hand gaben sie Cola und Wasser aus, Sekt und Bier, während Mama Mareike die Stammgäste unterhielt.
Oma Levke hatte an diesem Abend frei und schaute sich, wie Merit wusste, mit hochgelegten Beinen in ihrem Ohrensessel das Sommerfest der Volksmusik im Fernsehen an. Der Trubel wäre auch zu viel gewesen für die alte Dame!
Eins musste Merit bei all dem Stress dennoch tun. Die Zeit

musste einfach sein! Sie nahm ihr Handy, ihre Finger flogen über das Display.

Wow, das war umwerfend, Lennart! Du hast nicht nur einen neuen Fan.

Sie steckte das Handy mit einem Lächeln in die Hosentasche und widmete sich wieder den Gästen. Die Geldkassette unter der Theke quoll über vor lauter Scheinen und Münzen. Aber was noch viel besser war: Viele Leute griffen nach den Flyern des Familienhotels, die auf der Theke auslagen und die das *Haus Schönborn* mit wunderbaren Fotos und ansprechenden Texten vorstellten.

Vielleicht ging der Plan ihrer Eltern doch auf und dieser Abend brachte im nächsten Jahr neue Leute ins Haus?

Merit wünschte es ihnen von Herzen.

Und war das Hotel nicht auch ihre eigene Zukunft? Die Insel zu verlassen kam für sie nicht infrage. Bot es sich da nicht an, in die Fußstapfen ihrer Eltern zu treten? Später natürlich, viel, viel später!

Aber ganz abwegig war der Gedanke nicht, nach der Schule eine Ausbildung zur Hotelkauffrau in einem der größeren Hotels auf der Insel zu machen. Danach konnte sie bei ihren Eltern mit neuen Erfahrungen und Ideen richtig durchstarten!

Umso besser, wenn sich bis dahin die Stammkundschaft nicht nur hielt, sondern noch vergrößert haben würde.
Was war mit Lennart? Würde ein junger Mann, der so ein Talent für die Musik hatte, tatsächlich den Strandladen der Eltern übernehmen wollen? Die Grober-Brüder waren zu dritt, vielleicht würde auch nur der älteste Sohn in den Familienbetrieb einsteigen. Lennart würde die Sommersonneninsel verlassen, um irgendwo auf dem Festland sein Glück zu machen.
Merit schluckte bei dem Gedanken. Am liebsten würde sie alle, die ihr wichtig waren, hier festbinden, damit sie die Insel niemals verließen. Aber nur, wer freiwillig blieb, konnte hier glücklich sein.
Während sie die Getränkebestellungen aufnahm, ging ihr durch den Kopf, dass sie unbedingt mit Lennart reden musste. Sie musste ihm sagen, dass sie sich komplett in ihm getäuscht und wie sehr seine Musik sie berührt hatte. Sie wibbelte von einem Bein aufs andere, arbeitete mit flinken Handgriffen, aber die Schlange wurde nicht kürzer.
Da löste sich auf einmal Matilda aus dem Pulk, umrundete die Theke und strahlte, dicht neben Merit stehend, den nächsten Kunden an. „Womit kann ich helfen?"
Merit drückte ihr einen Kuss auf die Wange. Matilda hatte

selbst reichlich Erfahrung im Ausschank. Auf dem Bossenhof fand jeden Sonntag die große Willkommensparty statt, bei der Matilda helfen musste.
Gemeinsam ging es schneller und endlich lichteten sich die Reihen. Merit und Matilda atmeten auf, während Papa Ole losging, um leere Gläser und Flaschen einzusammeln.
Überall hatten sich die Leute in Grüppchen zusammengesetzt, manche auf Stühlen, manche im Sand, viele um das Lagerfeuer. Überall wurde gelacht und geredet, während die Sonne am Horizont im Meer versank. Ein letzter Streifen Purpur färbte den Himmel und übergoss die Meeresoberfläche, aber rund um die Bühne spendeten die Lampions Licht und die Flammen des Lagerfeuers flackerten golden in den Himmel.
„Hast du gewusst, dass Lennart so tolle Musik macht?" Merit wischte sich mit der flachen Hand über die verschwitzte Stirn. Ihr Pulsschlag ging immer noch heftig vor lauter Glück über diesen unvergesslichen Abend.
Matilda lachte. „Ich habe es vermutet", sagte sie. „Ich konnte mir nicht vorstellen, dass deine Eltern hier die bösen Metaller auftreten lassen. Das wäre mächtig in die Hose gegangen."
Merit grinste. „Lennart war perfekt, findest du nicht?" Sie

machte eine ausholende Geste, die sämtliche Besucher mit einschloss. „Schau, wie zufrieden alle zusammensitzen. Keinen scheint es nach Hause zu ziehen."
Matilda nickte. „Wolltet ihr nicht Flyer an der Theke auslegen?" Sie runzelte die Stirn. „Das wäre doch sinnvoll gewesen."
Merit lachte auf. „Die sind alle schon weg!"
Sie fielen sich in die Arme, und Merit spürte einmal mehr, wie wichtig es war, jemanden wie Matilda zur Freundin zu haben, ein Mädchen, das genau wie sie um die Existenzängste wusste, die viele auf der Sommersonneninsel hatten.
Als sie aufsah, kamen Emmy und Josy heran.
„Hey, zum *Group Hug* gehören vier!", rief Josy.
Merit lachte auf. Sie ließ den Blick wieder zur Bühne gleiten. War Lennart jetzt endlich frei, um mit ihr zu reden? Hilfe, er war gar nicht mehr zu sehen!
Sie holte ihr Handy hervor. Keine Antwort von ihm.
Zahlte er es ihr jetzt heim, dass sie ihn so hatte zappeln lassen, als er ihr immer wieder Nachrichten geschickt hatte? Das hatte sie nun davon.
Dabei musste sie ihm doch sagen, dass ihr all ihre Zickigkeiten der letzten Tage leidtaten. Und sie wusste nicht, ob sie morgen dafür noch den Mut haben würde.

Mädchenpower!

„A star is born!“, rief Josy und hob ihre Cola. Alle in der Gruppe um die *Summer Girls*, die sich im Sand niedergelassen hatten, hoben ihre Flaschen und Gläser und stießen an. Josy saß zwischen den Beinen ihrer neuesten Eroberung, gegen seine Brust gelehnt. Er hatte von hinten locker die Arme um sie gelegt und blickte über ihre Schulter.
Die *Summer Girls* waren von Freunden umgeben, dazu hatten sich noch mehrere andere gesellt.
„Wo ist er denn bloß?“, fragte ein Mädchen mit einem französischen Zopf und einem Tanktop. Sie schaute sich um.
„Dem ist das zu viel Trubel, schätze ich.“ Emmys Kopf ruhte auf Daniels Schenkel. Ihr Freund lag der Länge nach hinter ihr, den Ellbogen im Sand abgestützt.
Merit zog ihr Handy hervor. Die Nachricht an Lennart war angekommen, aber er antwortete immer noch nicht.

Sie biss sich auf die Unterlippe. Er hatte sich auch nicht so schnell entmutigen lassen. Also noch eine Nachricht hinterherschicken …

Wann kriege ich mein Autogramm?

Sie hatte kaum auf *Senden* gedrückt, da spürte sie eine Berührung auf der Schulter. Ein Kuss von weichen Lippen.

Nee, ne? Doch!

Simon hatte sich erneut an sie herangeschlichen. Seltsam, wie stark ihre Gefühle für ihn abgekühlt waren. Dass das so schnell gehen konnte … Aber er tat auch wirklich einiges dafür. Er kam ihr viel zu nah, er war zu hartnäckig und alles an ihm wirkte falsch. Dass sie das nicht vorher bemerkt hatte! Wie gefühlsblind war sie nur gewesen!

„Mit wem schreibt denn mein Inselmädchen so intensiv? Ich hoffe, die Nachricht geht an mich?"

Sie rückte ein Stück von ihm ab und runzelte die Stirn, als sie ihn anstarrte. „Nicht wirklich, sorry."

Enttäuschung machte sich in seiner Miene breit, vielleicht weil er endlich bemerkte, dass Merits abweisende Haltung ernst war.

„Du, ich habe das Gefühl, wir müssten mal miteinander reden. Nur wir beide, verstehst du?" Er zwinkerte ihr zu.

Das könnte dir so passen, dachte Merit. Sie zauberte ein

Lächeln in ihr Gesicht. „Gerne, aber ich kann jetzt hier noch nicht weg. In einer halben Stunde drüben am *Sunny Beach*? Da sind wir für uns." Sie sah ihn bittend an.
Doch, wenn es darauf ankam, konnte auch Merit schauspielern wie eine Oscar-Preisträgerin.
Sie würde sich rächen. Simon würde dieses einsame Treffen drüben im Dunkeln bestimmt so schnell nicht vergessen!
„Wunderbar, ich freue mich!" Simon drückte ihr einen Schmatzer auf die Wange, wandte sich ab und mischte sich gleich wieder in das Gespräch ein, das vor allem die Mädchen in der Gruppe führten. Sie ließen sich darüber aus, wie niedlich sie Lennart fanden und dass sie unbedingt eine CD von ihm haben mussten. Die Jungen schauten ein bisschen bedröppelt zu Boden.
Nicht so Simon. Er hob beide Arme und sagte mit lauter Stimme: „Hey, nun kommt mal runter von dem Trip und macht aus Lennart keinen Musikergott. Er war gut, klar, aber so besonders war das nun auch wieder nicht."
Ein Shitstorm brach über ihn herein. Die Mädchen verteidigten Lennart, die Jungen grinsten. Simon schaffte es mühelos, alle zu überstimmen. „Er ist nicht der Einzige, der eine gefühlvolle Stimme hat. Ich habe auch schon einige Male Musikwettbewerbe gewonnen."

Jetzt lachten alle auf, aber Simon hielt an seinem Grinsen fest.
„Zeigen! Zeigen! Zeigen!“, stimmte einer an und alle fielen fröhlich ein.
Er räusperte sich. „Würde ich ja liebend gerne, aber ich habe leider eine Stimmbandreizung.“ Wieder hüstelte er.
„Welche Preise hast du denn abgegriffen?“, rief einer und ein Mädchen fügte an: „Gibt es so etwas wie die Goldene Himbeere für schlechte Filme auch für Singer-Songwriter?“
Die Stimmung wurde immer übermütiger, Simon genoss es sichtlich, die Aufmerksamkeit auf sich gezogen zu haben. Er strotzte vor Selbstsicherheit und Schlagfertigkeit.
Selbst wenn er keinen Ton singen konnte, fanden manche Girlies sein unschlagbares Selbstbewusstsein faszinierend. Auf jeden Fall hatte er es geschafft, von Lennart abzulenken.
Merit beobachtete das kopfschüttelnd, während sich Josy, Emmy und Merit wie auf ein geheimes Kommando hin neben sie hockten. Die *Summer Girls* steckten die Köpfe zusammen.
„Und in den Vollpfosten hast du dich verguckt?“, zischte Josy.
„Puh, wie der sich aufspielt!“ Emmy.

„Also, mein Typ wäre der nicht." Matilda.

Merit nickte. „Ihr habt ja recht. So war er in meiner Gegenwart aber bisher echt noch nie! Da war er immer zurückhaltend und hat auf schüchtern gemacht." Sie grinste in die Runde. „Und trotzdem treffe ich mich gleich mit ihm. Voll romantisch unter dem funkelnden Sternenhimmel, wo uns keiner sieht."

„Bist du jetzt völlig durchgeknallt?", rief Josy. „Okay, ich sage zwar immer, dass man auch mal Fun haben sollte, aber das ist der nicht wert, Merit! Echt nicht!"

„Sei vernünftig, Merit!" Matilda umfasste ihren Arm. „Den Typen kannst du vergessen!"

„Es gibt tausend andere nette Jungs", sagte Emmy, „und alle sind sie besser als Simon."

Merit kicherte. „Stimmt genau!" Ihr Blick ging nach links zur Bühne, vor der die beiden Mädchen, mit denen sich Simon eingelassen hatte, zusammensaßen. Sie hockten im Schneidersitz gegenüber und unterhielten sich lebhaft.

Es war, wie Merit vermutet hatte: Zwei einsame Leute auf der Suche nach Anschluss fanden sich auch in der größten Menschenmenge.

Beste Voraussetzungen für ihren Plan!

Die anderen *Summer Girls* wechselten Blicke. Merit kicherte.

Die dachten immer noch, sie hätte den Verstand verloren! Zeit, ihre Freundinnen aufzuklären.

„Ich will ihn tatsächlich treffen, aber nicht so, wie ihr euch das denkt. Ich brauche eure Hilfe."

Die anderen lauschten und kicherten, während Merit ihnen schilderte, was sie vorhatte. Am Ende legten sie die Hände aufeinander, riefen ihr „*Summer Girls* forever!" und scherten sich nicht darum, dass sie alle Blicke auf sich zogen.

Die Dunkelheit hatte sich über den Strand gelegt, am Himmel flimmerten ein paar Sterne, der Mond stand halb voll drüben am Horizont. Im Dämmerlicht konnte Merit erkennen, dass Simon die Gruppe bereits verlassen hatte. Der war munter auf dem Weg zum *Sunny Beach*, weil er sich ein paar heiße Küsse von ihr versprach. Aber er würde sein blaues Wunder erleben!

Der Racheplan

„Ich weiß nicht, er war immer so süß zu mir …“ Das Mädchen, das Simon am Weidezaun getroffen hatte, hieß Fiona und war wirklich kein bisschen die Tussi, für die Merit sie gehalten hatte. Im Gegenteil, sie wirkte zurückhaltend. Und sie war rettungslos in Simon verliebt.

Genau wie Keyla, mit der Simon im Strandkorb geknutscht hatte. Aber Keylas Gefühle für ihn schlugen in blanke Wut um, als Merit mit den beiden sprach und ihnen klarmachte, was für ein falsches Spiel er mit ihnen gespielt hatte.

Es hatte Merit Überwindung gekostet, sich zu den fremden Mädchen zu setzen. Was, wenn sie Merit auslachten? Was, wenn sie Simon verteidigten? Oder gar glaubten, Merit wollte ihnen Simon nur deshalb madigmachen, weil sie es selbst auf ihn abgesehen hatte? Aber wenn sie ihren Plan verwirklichen wollte, brauchte sie die Unterstützung der beiden.

„Ich hatte gar nicht gewusst, dass Simon heute auch hier ist", sagte Fiona. „Ich habe es nur vermutet und bin auf gut Glück hergekommen." Sie senkte den Kopf. „Und er hat mich überhaupt nicht beachtet. Er hat einfach so getan, als hätte er mich nicht gesehen."

Keylas Augen schossen Blitze. „Mich hat er gesehen und sogar mit Küsschen begrüßt! Aber er hat sich rausgeredet, dass seine Kumpel es ihm übel nehmen würden, wenn er jetzt mit mir abhängt! Dafür wollte er sich dann für morgen eine coole Aktion überlegen."

Merit hob die Schultern. „Wahrscheinlich wärt ihr morgen und übermorgen wieder an erster Stelle auf seiner Liste gewesen. Aber heute hatte er mich auf dem Schirm. Und ich wette, er hat gut aufgepasst, dass ihr nicht in der Nähe wart, als er sich an mich rangemacht hat! Was bildet der sich eigentlich ein? Wofür hält der sich? Für Mister Universum? So toll sind seine blauen Augen nun auch wieder nicht."

Die anderen kicherten, wenn auch in Fionas Fall etwas wehmütig und bei Keyla mit einem Unterton von Aggressivität.

„Das Schlimmste ist, dass er jeder von uns genau den Simon zeigt, den wir sehen wollen", fuhr Merit fort. „Mir hat er erzählt, wie sehr er Pferde liebt …"

Fiona machte große Augen. „Wie bitte? Ich dachte, er hasst Pferde."

Merit lachte bitter auf. „Ich habe gehört, wie er mit dir über die *blöden Gäule* abgelästert hat. Das war der Moment, in dem ich ihn durchschaut habe."

Fiona stiegen die Tränen in die Augen. „Vielleicht ist das alles nur ein Missverständnis?"

Merit presste die Lippen aufeinander. „Leider nicht, Fiona."

Keyla richtete sich auf. „Ihr fangt jetzt nicht an zu flennen, oder? Das ist der doch gar nicht wert!"

Merit wischte sich über die Stirn. „Keine Sorge, ich bin über den hinweg. Ich hake es als schlechteste aller Erfahrungen ab."

„Ich würde ihm gern noch ordentlich Bescheid geben. Es ärgert mich, dass der so einfach davonkommt." Keyla ballte die Hände zu Fäusten und pustete sich die Locken aus der Stirn.

Merit grinste. Keyla würde sich gut mit Josy verstehen. Sie nickte. „Genau das ist der Plan. Also, hört zu …"

Zehn Minuten später machten sich sechs Mädchen kichernd auf zum *Sunny Beach*. Um diese Uhrzeit lag der weiße Holzbau im Dunkeln. Matilda, Josy, Emmy, Keyla und Fiona schlichen sich von hinten über die Promenade und die Dünen an die Surfstation heran und verbargen sich hinter dem Schuppen.

Merit hingegen stolzierte hoch erhobenen Hauptes durch den Sand, die Hände in den Taschen ihrer Jeans, die Nase in den Sommerwind gereckt. Das Kapitel Simon würde zu einem phänomenalen Abschluss kommen!

Der Schein des Feuers und der Lampions lag weit genug hinter ihr. Der Schatten des Schuppens umhüllte sie. Während sie sich der Terrasse näherte, kam unter den Stelzen des Gebäudes eine Gestalt hervor.

Ha, er hatte wirklich schon hier auf sie gewartet!

Merit erkannte Simon nur schemenhaft und hielt auf ihn zu. Ihr Herzschlag ging in einem ruhigen Rhythmus, tief atmete sie die Seeluft in die Lungen, wie ein Elixier, das ihr Kraft gab. Sie wusste, dass sie das Richtige tat, aber sie wünschte, sie hätte es schon hinter sich.

„Hi, Simon." Dicht vor ihm blieb sie stehen. Nur das Mondlicht erhellte ihre Gesichter. Merits Augen gewöhnten sich an die Dunkelheit.

„So schön, dass du gekommen bist, Merit." Er wollte sie küssen, aber sie trat einen Schritt zurück. „Hey, magst du

mich nicht mehr?“ Er griff in ihren Nacken und strich mit den Fingern durch ihr Haar. „Ich liebe deine blonde Mähne, weißt du? Es ist so sexy, wenn sie im Wind weht.“
„So? Hattest du immer nur Freundinnen mit langen blonden Haaren?“
Er grinste. „Nicht nur, aber die Blondinen waren immer die Süßesten. Und du bist die Süßeste von allen.“
„Sagst du das zu jeder?“
„Merit!“ Er machte große runde Unschuldsaugen. Das sah so überzeugend aus, dass sie ihm geglaubt hätte, wenn sie es nicht besser gewusst hätte. „He, hast du noch nicht verstanden, dass du für mich das eine ganz besondere Mädchen bist? Wir wollten zusammen ausreiten, erinnerst du dich? Ich zähle die Tage, bis es endlich so weit ist. Was habe ich verkehrt gemacht, dass du so frostig bist?“
„Fragst du dich das nicht bei all deinen Urlaubslieben?“
Das war das Stichwort für Matilda, die mit den anderen hinter dem Schuppen kauerte, die Hand am Schalter, mit dem sie die Außenbeleuchtung anknipsen konnte.
Die Lichter flammten auf. Simon blinzelte geblendet und hielt sich den Unterarm vor die Augen.
„Hey, was geht denn hier ab?“, rief er.
„Das wollten wir dich auch gerade fragen“, antwortete Keyla,

die mit Fiona aus ihrem Versteck trat und auf Simon zukam. Sie schüttelte ihre wilden Locken und fuhr sich geziert mit den Fingern hindurch. *„Oh, meine süße Keyla, ich möchte jede einzelne deiner Locken küssen.“* Sie lachte bitter auf.
„Und was wäre verkehrt daran gewesen, wenn du mir erzählt hättest, dass du Pferde magst? Glaubst du, ich wäre weniger in dich verliebt gewesen?“ Fiona sprach mit lauter Stimme.
„Sagt mal, ist das hier ein abgekartetes Spiel? Was soll das?“ Simon standen Schweißperlen auf der Stirn, an seiner Schläfe pulsierte eine Ader. Er hob abwehrend beide Arme und stieß beim Rückwärtsgehen gegen eine der hölzernen Terrassenstützen.
„Du bildest dir definitiv zu viel ein“, erklärte Merit. „Du täuschst dich, wenn du glaubst, jede würde dir zu Füßen liegen. Es gibt tausend bessere Typen als dich hier am Strand.“
„Wage es nicht noch einmal, mich anzuchatten“, fauchte Keyla ihn an.
„Und noch ein Tipp.“ Fiona grinste auf einmal. „Beim Küssen nicht so sabbern, das kommt besser an.“
Die drei Mädels begannen zu kichern, während Simon völlig perplex um Antworten rang.
„Ich, äh …“ Die Worte blieben ihm in der Kehle stecken, als nun Josy, Emmy und Matilda aus dem Schatten traten.

„Unterschätze niemals Frauenpower“, gab Josy ihm noch mit auf den Weg, als er sich an den Mädchen vorbeidrückte und mit langen Schritten das Weite suchte.
In sicherem Abstand wandte er sich noch einmal um. „Glaubt nicht, dass ich auf euch angewiesen bin! Es gibt genügend andere, die an mir interessiert sind!“
„Auf dieser Insel wirst du mit keiner mehr anbandeln“, rief Emmy ihm hinterher. „Dafür werden wir persönlich sorgen!“
Die Mädchen applaudierten, als Simon endlich im Dunkel der Nacht verschwunden war. Sie hoben die Hände und klatschten sich ab.
„Auf den besten Sommer unseres Lebens“, rief Josy und mit einem *Wuhuuu* warfen sie die Arme in die Luft.

Wie fühlt sich Liebe an?

„Du machst das richtig gut! Ich kann nicht glauben, dass du bisher nur einmal auf einem Pferd gesessen hast!" Merit musste die Stimme heben, damit Lennart sie hörte. Das Rauschen des Meeres übertönte ihre Worte, aber Lennart drehte sich halb um und grinste sie an. „Du bist eben die beste Lehrerin, die man sich wünschen kann!"

Es war kurz nach zehn am Samstagabend. Die Sonne tauchte das Meer in ein gigantisches Farbenspiel. Der Abschnitt des Strandes, auf dem Lennart und Merit ritten, lag wie unberührt vor ihnen. Merit hatte ihm Bonny gegeben, weil er ihr Pferd bereits kennengelernt hatte. Sie selbst hatte sich eine der Stuten – Jette – aus der Inselreitschule ausgeliehen. Als geübter Reiterin fiel es ihr nicht schwer, sich einem neuen Tier anzupassen.

Merit spürte die geschmeidigen Bewegungen der Stute unter

sich, beugte sich dicht an die Mähne und signalisierte dem Tier mit Schenkeldruck, dass es in den Trab fallen konnte. Lennart war inzwischen sicher genug, dass er auch bei einer schnelleren Gangart mithalten konnte. Sie ritten dicht am Wasser. Die Gischt spritzte auf, die Pferde wieherten vor Vergnügen und schüttelten die Mähnen.

Am Abend zuvor war Merit aufgekratzt nach Hause gelaufen und hatte geglaubt, sie würde die Nacht über kein Auge zutun können. Immer wieder hatte sie sich die Szene mit Simon vor Augen geführt. Es war ein gutes Gefühl, dass sie ihm gezeigt hatten, dass er so nicht mit ihnen umspringen konnte!

Und auch ein gutes Gefühl, dass sie als Mädchen zusammengehalten hatten. Die *Summer Girls* sowieso, aber auch Keyla und Fiona schienen sich angefreundet zu haben. Merit war sich sicher, dass die beiden in den restlichen Ferien die Insel gemeinsam unsicher machen würden. Eine gute Freundin im Urlaub zu finden war allemal besser, als sich vor Liebeskummer die Sommerlaune vermiesen zu lassen.

Der letzte Blick am Abend, bevor Merit die Decke bis zum Kinn zog, galt ihrem Handy. Es versetzte ihr einen Stich, dass Lennart immer noch nicht geantwortet hatte. Übel nehmen konnte sie es ihm nicht. Sie hatte sich selbst nicht besser verhalten. Aber trotzdem …

Am Morgen dann die Überraschung: Merit wurde von dem Brummton geweckt, der eine eingehende Nachricht anzeigte, und tatsächlich … Lennart!

Du willst ja nur nett sein! Das ist nicht nötig.

Sie hatte sofort zurückgeschrieben.

Ich fand dich umwerfend gut. Und ich möchte mich mit einem Ausritt dafür entschuldigen, dass ich so doof war.

Lennart: *Ich weiß nicht.*

Merit: *Zier dich nicht wie eine Diva. Also, was ist jetzt? Ausritt ja oder nein?*

Lennart: *Ja.*

Merit: *Na also, geht doch. Wann?*

Lennart: *Heute Abend.*

Merit war zusammengezuckt. So schnell sollte sie das organisieren? Aber ja, es musste klappen! Auf keinen Fall wollte sie Lennart auf einen späteren Termin vertrösten und dabei riskieren, dass er doch wieder absagte.

Jetzt ritten sie bereits seit einer halben Stunde nebeneinander, warfen sich immer wieder Blicke zu und strahlten sich an. Der Wind zauste in seinen Haaren und auf seinen Wangen lag ein roter Schimmer. In seinem weißen Poloshirt und der schwarzen Jeans machte er eine wirklich gute Figur auf Bonny. Viel besser jedenfalls als in dem Strandsegler-Geschoss!

Merit lenkte das Pferd vom Wasser weg, über den Strand bis zu dem Reitweg, der durch die Dünen führte. Lennart folgte so sicher, als täte er den ganzen Tag nichts anderes. Natürlich trug auch Bonny seinen Teil dazu bei. Er kannte sich auf der Insel aus und wäre Merit und Jette wahrscheinlich auch ohne Reiter brav gefolgt.

Der Weg war breit genug, dass sie nebeneinanderreiten konnten. Bonny und Jette gingen im Schritt.

„Ich hab mir Sorgen gemacht, weil du dich gestern Abend nicht mehr gemeldet hast", sagte Merit.

Lennart sah sie mit einer hochgezogenen Augenbraue an. „Und ich dachte, es sei bei dir normal, dass sich ein Chat über mehrere Tage mit längeren Pausen zieht."

Merit spürte Hitze in die Wangen steigen. „Okay, ist angekommen. Tut mir leid, dass ich dich zuerst immer weggeklickt habe. Das war blöd von mir. Sorry."

Er hob eine Hand. „Kein Ding, Merit. Solange du mir als Entschuldigung einen gemeinsamen Ausritt anbietest, darfst du mich gerne jederzeit ignorieren."

Sie lachte ihn an, erleichtert, dass er sie nur necken wollte. „Ich hätte dir gestern Abend sofort geantwortet, aber mein Handy ist heiß gelaufen. Innerhalb von einer Stunde hatte ich zweihundert neue Nachrichten und Kontaktanfragen."

„Wow! Alles Fans?“
Er nickte mit gequältem Gesichtsausdruck. „Und mein größter Fan hat mir gleich zwanzig Nachrichten geschickt.“
Merit konnte gerade noch verhindern, dass ihr „Valerie?“ rausrutschte. Sie war gestern auch auf der Party herumgewuselt. Aber Merit wollte nicht den Eindruck erwecken, sie spionierte den beiden hinterher. Trotzdem fühlte sie einen dumpfen Druck im Magen, als sie fragte: „Und wer ist das?“
„Da kommst du nie drauf.“
„Ich hab da schon so eine Ahnung. Also sag.“
„Johannes.“
Merit nickte. Überraschend war das jetzt auch nicht. „Ist ja ein Ding.“
„Jup. Seit ich ihm eine Einweisung mit dem Strandsegler gegeben habe, hängt der mir am Bein. Ich will nichts Schlechtes über ihn sagen, er ist bestimmt ein netter Kerl, aber ich habe das Gefühl, der hat sich in mich verknallt.“ Er sah Merit mit so unglücklicher Miene an, dass sie grinsen musste.
„Und? Werden seine Gefühle erwidert?“
„Bestimmt nicht“, antwortete Lennart ernst, während sie in den Weg zur Pferdekoppel einbogen. „Aber ich will ihn auch nicht verletzen. Wie sag ich ihm so nett wie möglich, dass das mit uns nichts wird?“

Merit lachte auf. „Sorry, da fragst du die Falsche. Keine Ahnung, wie man mit so etwas umgeht. Aber dir wird schon was einfallen. Du wirst das genau richtig machen, da bin ich mir sicher."

Er sah sie ein paar Sekunden schweigend an, die Pferde fanden den Weg auch ohne Hilfe. „Wenn ich es nicht besser wüsste, würde ich das für ein Kompliment halten."

Merit spürte, dass sie verlegen wurde. „Zum Glück weißt du es ja besser!"

An der Pferdekoppel sattelten sie Bonny ab. Lennart half ihn trocken zu striegeln und streckte ihm am Ende sogar eine Möhre hin, die er aus seiner Jeanstasche zog. Sie war schon weich, aber Bonny zermalmte sie mit Hochgenuss.

„Ich bringe jetzt noch Jette zurück", sagte Merit. „Ich hab versprochen, dass sie heute Abend wieder im Stall ist."

Sie standen nebeneinander und sahen sich an. „Ich kann dich begleiten", sagte Lennart.

Merit schüttelte den Kopf. „Ist nicht weit, und ich brauche ein paar Minuten für mich."

Er nickte und blickte ihr weiter fest in die Augen. „Sehen wir uns wieder?"

Sie schluckte, dann rettete sie sich in eine Flapsigkeit. „Das wird sich nicht vermeiden lassen, oder?"

Er lächelte, zuckte die Schultern und wandte sich zum Gehen. Im Abendlicht der Weglaternen verschwand seine Silhouette, bis sie hinter der nächsten Biegung nicht mehr zu sehen war.

Der Beginn von etwas Großem

„Voll verliebt ist der! Und du lässt ihn abblitzen!" Josy wackelte mit den Zehen in den anbrandenden Wellen und löffelte ihr Eis aus der Waffel. Die *Summer Girls* saßen an diesem Montagabend eng nebeneinander in ihren Bikinis am Ufer, den Po im trockenen Sand, die nackten Füße in den Wellen.

Beim besten Eishändler der Insel hatten sie sich Riesenschlemmerhörnchen besorgt mit Vanilleeis, Schokosoße und Sahne.

Die süße Köstlichkeit weckte in Merit den Wunsch, bald selbst wieder einmal in der Küche zu stehen und etwas Neues zu kreieren.

Bei dem Traumwetter hatte keine von ihnen Lust gehabt, sich unter dem Dachboden zu verkriechen, der sonst ihre gemütliche Höhle war. Die Temperatur war auch an diesem

Tag wieder bis fast an die Dreißig-Grad-Marke herangekommen und die Mädels hatten in den elterlichen Betrieben geschwitzt. Zum Feierabend hatten sie sich die Abkühlung wirklich verdient!

Und überhaupt war es wichtig, dass sie sich auf den neuesten Stand brachten.

„Alles falsch, was du sagst, Josy", behauptete Merit und schleckte den Löffel ab. „Punkt eins: Lennart ist nicht verliebt. Zumindest nicht in mich. Punkt zwei: Ich hab ihn nicht abblitzen lassen."

„Es hört sich aber genau so an. Und ich habe ihn beim Strandpicknick doch beobachtet. Da lag schon was in der Luft, glaub mir! Und nach so einem romantischen Ausflug im Sonnenuntergang muss man sich zwingend küssen! Sonst stimmt etwas gewaltig nicht."

Merit musste lachen, weil Josy sich so in ihre Theorie hineinsteigerte. „Das ist vielleicht in deiner Welt so. Ich sehe das anders. Ich habe gerade eine ziemlich miese Erfahrung hinter mir. Mein Herz ist noch nicht mal richtig gekittet, da soll ich gleich die nächste Liebesgeschichte anfangen? Nee, ich habe gesagt, dass ich mir diesmal Zeit lasse, und genauso mache ich es auch."

„Dann sucht er sich eine andere", behauptete Josy.

Merit biss ein Stück von der Waffel ab. „Die hat er doch schon. Valerie."

Neben ihr schoss Emmy hoch. „Mann, ich Dösbaddel!", stieß sie aus. „Das habe ich komplett vergessen! Also, Entwarnung. Es ist gut möglich, dass meine Schwester mal was von ihm wollte, aber jetzt ist die auf einem ganz anderen Trip. Einer ihrer Schüler hat sie heute Abend zum Pizzaessen eingeladen. Davon verspricht sie sich so einiges. Das hat sie jedenfalls am Mittagstisch groß herausposaunt."

Auf einmal spürte Merit eine ungewohnte Leichtigkeit, als könnte sie jeden Augenblick abheben.

Aber warum war es für sie eine so gute Nachricht, dass Valerie und Lennart doch nichts miteinander hatten?

Und trotzdem. Was Josy da behauptete, ergab keinen Sinn. Lennart sollte Gefühle für sie, Merit, entwickelt haben?

Das hätte ihr doch auffallen müssen! Andererseits war sie nicht unbedingt Weltmeisterin darin, die Gefühle anderer richtig zu deuten.

Apropos Gefühle … Merit wandte sich an Josy. „Du bist uns auch noch eine Erklärung schuldig. Wie bist du denn an den Typen mit dem Zopf geraten und was geht da mit euch? Ihr habt ja aneinandergehangen wie zwei Pandabären."

Josy schnalzte mit der Zunge. „Charlie ist Profisurfer. Ihr

wisst ja, dass in zwei Wochen die Sommer-Challenge stattfindet, da ist er am Start. Vorher will er hier noch chillen und sich mit allem vertraut machen."

„Oh, klasse, dann wird er bestimmt bald bei uns in der Surfschule anklopfen", sagte Matilda.

Josy nickte. „Genau das hat er vor. Ich ... ich finde ihn überwältigend." Sie sagte das so andächtig, dass die anderen aufhörten an ihren Eiswaffeln zu knabbern.

Keine Spur von Josys sonstigem Pragmatismus. Kein Bericht über Charlies Talente beim Küssen, mit dem Josy sich in den Mittelpunkt stellen wollte. Merit betrachtete Josy genau. Der Blick ihrer Freundin ging in die Ferne bis zum Horizont.

Konnte es sein, dass Josy sich so richtig verliebt hatte?

Matilda legte den Arm um Josy. „Ich wünsche dir, dass du erlebst, wie es sich anfühlt, wenn man wirklich zusammengehört. Und ich bin sicher, du stellst dich nicht so dumm an wie ich, als ich diese große Liebe einfach beenden wollte."

Die *Summer Girls* hingen ihren Gedanken nach. In der plötzlichen Stille fühlte Merit sich den anderen so nah wie selten zuvor. Eines wusste sie mit Bestimmtheit: Sie gehörten zusammen. Sie, die *Summer Girls.* Sie würden sich immer zur Seite stehen, und jede Einzelne von ihnen würde erfahren, was Liebe für sie persönlich hieß. Ob in diesem oder einem der nächsten Sommer, war egal.

Merit stand erst am Anfang. Aber sie spürte, dass Lennarts Nähe ihr guttat. War das vielleicht der Beginn von etwas Großem? Die Gewissheit, beim anderen sein zu dürfen, wie man wirklich war? Konnte sich Liebe so anfühlen?

Lennart.

Leise hallte sein Name in ihr. Wie das Lied, das er geschrieben hatte – vielleicht für sie? Wie der laue Sommerwind, der ihr an dem Tag das Glück versprochen hatte, als sich ihre Wege gekreuzt hatten.

An diesem Abend würde Merit keine Antwort auf ihre Fragen bekommen. Aber hatte sie nicht alle Zeit der Welt, herauszufinden, was wahre Liebe für sie bedeutete?

Umschlag: Chris Campe | All Things Letters,
unter Verwendung eines Fotos von © E. & S. Cowez (fotolia.de)
Lektorat: Susanne Schürmann, Simone Hennig
Herstellung: Constanze Hinz
Satz: Pinkuin Satz und Datentechnik, Berlin
ISBN 978-3-551-65167-9

www.martinasahler.de
www.facebook.com/heikowolz